색Ⅲ

참 지랄같은 날

색 Ⅲ
참 지랄 같은 날

조기호 시집

도서출판 바밀리온

가을에는 마른가오리를 쭉쭉 찢어서
질겅질겅 깨물며

조선 수탉마냥 바바리코트
깃을 세우고

이빨로 소주병을 따서
찔끔찔끔 병나발을 불며

빈항구의 선창가를 어슬렁어슬렁
기웃거리는 발정 난 수컷으로

참으로 유치한 삼류어깨의
익지 않아 비린내 나는 쌩 폼을 잡아

슈펠트의『겨울 나그네』를
흥얼흥얼 뻐기고 싶었는데

그 하찮은 개지랄을 한 번도 못해보고
이승 뜰 때가 가까워지나 보다.

2020년3월
大崛偶　草舍에서
草浦　趙　紀　浩 적음

‖ 차례 ‖

제 2 부 ‖ 하얀노래

제 3 부 ‖ 운암강 일기

제 4 부 ‖ **회억의 주마등**

제 5 부 ‖ 치자꽃 오월

제 6 부 ‖ 사랑 알갱이 하나

제 7 부 ‖ 색 2 -색 5

제 8 부 ‖ 슬픈 언어들

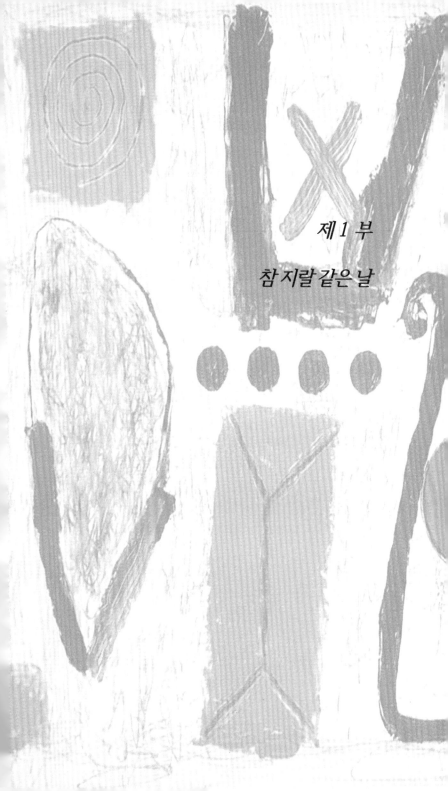

제 1 부

참 지랄 같은 날

바위

바람은 아무리 기를 써 봐도
바위의 무게를 달지 못한다

하늘이 가늠하다가 팽겨서
그냥 제자리에 주저앉혀놓은 것을

어찌 감히 내가
바위를 탓하겠는가,

네 마음 가늠 못한
숱한 세월

바위처럼 끄덕 않는
당신 무게의 무심無心을.

대춘부待春賦

점심을 마치고 벤치에 앉아
양촌리 커피 한 잔을 마신다

이건 어떤 사상이나 철학보다
심오하고 오묘한 즐거움이다

하루에 한 번 쯤
하늘을 쳐다보는 명경明鏡에

지나온 나를 비춰보는 것도
남은 생을 추슬러 갈무리하는 것도

다시는 돌아오지 않을
내 이승의 꽃피던 봄날을

아련히 반추하는 것도
양촌리 커피와 숫띤 햇살 벤치다

아무런들 기쁘고 고운 봄이
날 찾아온다 한들

이런 것 말고는
무엇이 소중하여 널 기다리랴.

건망증

아침
출근길
현관을 나서는 나에게

- 휴대폰은요?
아참! 깜박 했네. 이리 줘요

_ 보청기는 끼웠수?
허어! 귓구멍을 놓고 갈 번했네.

- 안경은요?
- 어이구 내 눈구멍이야. 쯧쯧, 어쩐지 침침하더라니

- 오늘 햇볕이 따갑대요. 모자 쓰고 나가요?
어쩐지 머리가 썰렁해. 거기 내 뚜껑.

한바탕 소란을 피우고 나서야
문을 열고나서는 건망증으로

혹여 이러다 치매가 오는 게 아닌가
걱정 낀 심난한 얼굴을 본 아내가

정류장이 먼 버스 타시지 말고
택시 타고 가라며

꼬깃꼬깃 점심 술 밥값을
위 주머니에 찔러 준다

참 지랄 같은 날

가난해서 극장표 한 장
못 사줄 때 만난 여인

삼십년도 훌쩍 지나 어쩌다
바람 끝에 그녀 소식이 묻어왔기에

새삼 싹 틔우자는 게 아닌
반가워 보낸 전화에

대뜸 첫 말씀이 예수 믿으라며
자기 남편 예배당에 나오란다.

조금은 설랬던 가슴을
씀벅 베어내 왕소금을 썩썩 뿌린다.

그리움이나 그냥 가지고 살 걸
육갑한다고 전화를 했누.

먼 산 너머 하늘을 봐도
참 지랄 같은 날이다.

무업無業

나라를 통째로 훔친
어느 늙은 정치가가
정치는 허업이라 했다는데
시 쓰는 건 무슨 직업에 속할까
할아버지 직업을 묻는 어린 손주에게
엉거주춤 시인이라 하였더니
"직업은 무슨 놈의 직업
직업 좋아하고 앉아계시네.
땡전 한 푼 안 되는 글쟁이가
무슨 놈의 직업."
곁에 선 아내의 포악이다
맞다, 그렇다.
삼류시인 반거들충이로
술 탁배기 노릇하며 살아온 인생
감히 시 쓰는 게 직업이라
손주에게 가르쳐줄 수 있을까
캄캄하다
내가 글 쓰는 건 막막한 무업이다가
허울 좋은 목구멍 폐업이다

복숭아

하얀 가제 손수건을
머뭇머뭇 내밀던
흰 칼라 그 여학생
꽃 붉힌
뺨 자위

그냥 가시게나.

가시게
그냥 가시게나.

짓 푸린 눈 내리깔고
지그시 입술 깨 물은 바다

명사십리 조가비 피는
춘장대해수욕장 해당화가

꼭 한 송이
그리움 삭혀

피멍든 바람 끝을
되작거리고 서서

그런 게
세월 사는 것 아닌가벼

여든 즈음 노을 입은 사람아
어여, 그냥 가시게나.

허공

허공으로 살아온 내 평생이
태초의 허공으로 되짚어간다.

바람과 소리와 영혼과
햇살이 모두 허공으로 지듯

살아있는 것들도
모두 다 허공으로 진다

조물주는 하늘과 별과
바람과 소리와 빛을 지으시며

무슨 심사로 사람을 만들어
영혼까지 빚어 넣어주시고는

또 무엇에 소용이 되어
일수쟁이 수금도장 찍듯

그 영혼을 다시 회수하여
저 허공으로 가져가는 것일까.

그냥 버려두셔도
어차피 허공으로 사는 것을.

부질없음에 부쳐

비루먹은 똥개도 안 물어 갈
헛된 공명심에 들떠

하찮은 감투 언저리를
덤벙덤벙 기웃거려도 봤다

때깔 고운 여인을 만나면
개침을 질질 흘려 서성거렸다

어정쩡한 글 나부랭이
몇 자 끼적거려놓고

제법 그럴싸할 거라고
같잖은 시 건방을 떨었다

저승 문 가까이 이르러서야
뉘우침 눈 감아 뜨니

무엇을 살았는가. 이승에
그림자도 남기지 못할 목숨

개꿈마냥 헛바람에
사라져 잊혀 질 것을

그까짓 모든 게
솔바람소리 아스러지는 밤

부질없음
그 조차 부질없다.

내 또다시 허공을 읽는다면

한평생 나를 읽으며
살아온 걸로 은근히 알았다

시방 노을에 서서
뒤 돌아보니 허허롭기 그지없다

나 아닌 헛것을 추켜잡아
그것이 바른길인 줄로 읽었다

세상사 도토리 키 재기로
허공에 빈손만 내저은 것을

내 다시 허공을 깨달을 수 있는
가능함을 쥐어주신다면

휨과 곧음과 있음과 없음이
같음으로 나를 내쏘고 읽으리라.

거울

네 얼굴의 마음 바탕에는
바람이 걸어가고 향기가 묻어난다,

구름이 떠서 흐르다 적멸寂滅 함을
소리로 그려낸다 하여도

너는 허공이어서
당초의 본래 네 모습인 걸 어쩌랴

네 얼굴에 비친 깨달음은
안과 밖이 없어 마냥 허허롭다

말복이 쉬어가는
눈썹 시리게 저 푸린 하늘

허공과 같은 것이어서
조곤조곤한 우리들 사랑 냄새까지

맑은 색깔 여백으로 그려내
관조하여 읽는 습성의 속물이다.

초가을 때깔

  여름도 가을도 아닌 덜 익은 계절이 넝마처럼 의젓잖 하
게 걸어와요
  초가을에게 겁탈당한 벚나무이파리가 립스틱 지워진 갈
보년 입술마냥 푸르족족 나불거려요,
  꽃피어 화사한 낮바닥에 벌 나비 날아들고 달착지근 까
만 벚지 익을 무렵, 그때가 좋았어.
  티끌 같은 사람으로는 도저히 잴 수 없는 거리의 머나먼
행성에서 온 귀뚜리소리가 모스 부호로 야금야금 창문을
긁어요.
  수척한 내 가을의 부피는 자꾸만 얇아지고 낡은 아내의
눈꼬리만 날로 두꺼워져요,
  숨통을 거머쥔 삼복더위를 말끔히 핥아먹고 할딱할딱 배
어 문 똥개혓바닥에 당신의 찌푸린 눈살이 질질 흘러요.
  여름 초상을 당한 매미는 삼복을 다 울다가고, 당신이 내
쏘고 간 나를 달래준 맨드라미의 피 빛깔 미망에 갇혀 아
등바등 버둥거려요
  얼마쯤 더 돌아야 할까요, 당신 해바라기를.
  운전면허를 빼앗긴 들에는 겨울이 와요, 더는 기댈 것도
바랄 것도 없는 여든 셋이 찬물에 뭣 줄듯 의기소침 해져요
  그런대도 사랑은 목숨 붙어 있음 사랑해야 하는 거라고
아직 덜 익은 초가을이 풋내를 펄펄 피워요,

무소유의 법정스님 정녕 버리고 가셨나이까? 그리움 담긴 영혼 같은 것, 미움까지도.

가을 배 익은 단내가 물씬 풍겨요, 태풍 링링이 그걸 겁탈하러 와요, 무지 급한가 봐요, 똥마려운 강아지처럼 개지랄을 떨어요. 합근合根 허가증도 없는 아가씨가 태풍을 맞으러 시집을 가요, 호텔방으로다가,

참 지랄같이 높은 하늘 푸르러 벌건 대낮에 둥실 떠 뭉게뭉게 합환하는 저 구름과 넉살좋은 초가을 색깔이 천둥치는 소낙비로 쏟아져 귓뜸을 해줘서야,

비로소 당신이 버리고 간 내 꼬락서니가 용천배기 한하운이 지까다비 끌고 떨어진 발가락 헤며 걸어간 전라도길,

황혼에 물든 그 황토배기 비탈길을 걸어 노정의 끄트머리에 가고 있는 위인 짝 임을 깨달아요.

누구의 밥이 되어,

 나는 밥이었다.

 시오리 떨어진 분교장이 생긴 첫해 입학을 했더니, 모두 나보다 서너 너 댓 살 위였다.

 열네 살 배미실 사는 여학생이 사학년 때 시집갈 정도의 나이배기들이다

 체육시간에 찬 공이 열 발짝도 못나가 깔봐버린 여학생들 밥이 되기 시작한 때부터

 싸움은 고사하고 항상 주눅이 들어 동급생 책보까지 들어야하는 밥이다

 알록달록한 꽃비암이 무서워도 빌기며 찔레 순을 꺾어다 바치는 밥이었고

 간당간당한 미루나무 꼭대기 까치 알을 내리려 기를 쓰고 오르는 밥이다.

 봄가을운동회 땐 공책 한권 연필 한 자루 탄 적 없는 만년 꼴찌로 끝에 달리는 아이보다 한참을 기다려야 골인 점에 드는 무녀리 밥이었는데

 무슨 조화 속인지 공부는 일등을 차지하는 죄 값으로 이웃 명길이 놈 숙제까지 해줘야하는 밥이 또 되었다

 부슬비내리는 밤이면 북괴군이 몰래와 모가지 베어간다는 최전방 OP에서

 무전기 넉 대에 쓸 배터리를 뜯어 대대장 갈보사모님 제니서라디오 건전지를

사흘 걸러 바꿔주지 않으면 허천나게 귀싸대기를 맞는 양 공주 밥이었으며

  서른여섯 해 월급쟁이는 윗사람 치다꺼리 해주는 밥통 노릇을 한 덕으로 자식새끼 마누라 에겐 충직한 밥 노릇을 하였다

  지금은 어쭙잖은 글줄이지만 고료는 책으로 대신 드린다 는 요상한 풍토의 밥이 된 삼류글쟁이 밥으로 사는데

  저승길로 접어든 시방에 이르러 생각하면 한 송이 꽃으 로 환하게 살지 못한 병신이

  한 번이라도 과연 누구의 아주 절실한 밥이 되어 본 적 이 있었는지, 아무리 돌아본들 도무지 아리송하기만 하여도

  뉘 밥으로 산 인생이 무던하게 느껴지는 게 천상 밥인 걸 어찌하랴.

신 공무도하가

저 강을 건너지 않는 것은
강폭이 넓어서도

노 저어갈 쪽배가
없어서도 아니고

강 건너 붉게 울고 자빠진
노을빛이 두려워서도 아니다

아직은 내 소맷동을
붙잡고 서있는

네 가느다랗게 실핏줄 돋은
여윈 팔목을 뿌리치고

모질게 떠나기가
거시기해서 그렇다

천만다행

수술마친 회복실에서
눈을 뜬 아내의 첫마디가
아들 녀석 이름이다

마음 졸이며 손을 잡고
곁에 앉아 애태우는
나는 무엇이냐고 물었더니

그래도 딴 남자 이름 안 부른 게
천만다행으로 여기라며
낡은 눈을 흘긴다.

천사다리

　간밤의 네 꿈을 꺼내어 만지작거리는 것으로 내 생의 끝자락을 마무리해도 좋다, 한결 나긋나긋한 봄날이 비단결 바다 위로 자글자글 내려와 소복이 쌓이고 그 위로 진달래때깔 햇살이 아른거리는 천사다리를 건너다 문득 저 바다가 시작되는 정방폭포 비말의 분무噴霧 속으로 사라진 우리의 인연을 포충망으로 잡아다가 당신가신 저승길 위에 깔아도 이제는 무탈할 것 같은 환상을 추려 읽고 있었네.

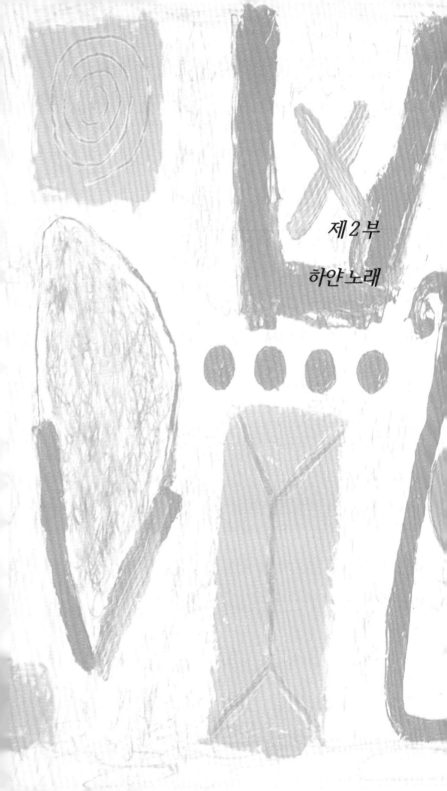

제 2 부

하얀 노래

외마디 가슴으로

가실 강물처럼
맑은 새벽

오월 치자꽃 향기 가고
간밤의 네 꿈자리마저

마른 그리움에 걸린
바람에 육탈되면

내 영혼 가볍게 날아
울음이 지친 새벽달

현도 없는 하현 네 눈썹을
외마디 가슴으로 튕겨 볼까나

하얀 노래

당신이 무색의 꽃으로
이런 날 걸어오시면

나는 강물처럼 깊이 흘러서
파랗게 당신을 맞이합니다.

서로가 아프고 시린 마음엔
엷은 발자국으로 건너가자고

울적한 가슴에 묻은 얼굴
기꺼이 한 움큼 한기 들었습니다.

당신의 조달이물감색 말씀에
그리움만 매운 때깔 피멍이 듭니다

허드레 산맥 같은 장막을 치고
찔레꽃 가시덤불이 되어

흐무지게 만발한 현기증 일어서
어지럼의 하얀 노래로 찬연히 무너집니다.

동창회

예순다섯 해만에 처음으로
고교동창회에 나갔다.

동창 녀석이 나이 들어가면서
비우는 습관을 가져야 한단다.

그래 무엇을 비우냐고 물으니
돈과 감투와 색정 같은 거란다

이 나잇값도 잊어먹은 친구야
그런 건 잊은 지 벌써 오래되었고

잊고 싶어도 잊을게 없다 만은
이 나이에도 저 가슴 깊은 곳에

그리움 한 꼭지 남았는데
그걸 잊는 방법 좀 가르쳐달랬더니

야 – 이놈의 영감탱이야,
그런 걸 알면 진즉에 돗자리 깔았지

 다 떠나고 몇 안 남은 동창회 기어 나와
소주잔 홀짝거리고 앉았겠냐며 껄껄 웃는다.

부러진 그림자

허리가 작신 부러진
그림자 하나 따라온다.

저놈도 나처럼 푸른 하늘이 무겁듯
땅덩어리가 무거운 가보다

살다 살다가 세상인심 무거워
이리 부러져 휘어진 저 그림자를

화타나 이국종 박사가 온들
바로 잡을 수 있을 것인가.

푸념

집도 절도 죽도 밥도
가시내도

빈 털털이가 되어
궁핍한 호주머니에다

수척한 까치집 같은
고향을 구겨 넣고

초저녁 길을 물어
추레한 첫눈이나 맞으러간다.

박하사탕

계절이 걸어오고 걸어가고
그것 따라 여든 너머 많이도 걸어왔다

꽃구름 복사꽃 환히 피어
설레던 꽃길도 걸어봤고

진눈깨비로 곤죽이 되어 질퍽한
시오리 진창길도 맨발로 걸어봤다

떠나간 것들의 생채기와
스치고 지나간 것들의 미망

모든 길 다 지나오고
종점은 점점 다가오는데

네 그리움은 자꾸만
뒤를 돌아보는 걸 어찌한다냐.

하늘 한번 올려다보고
피울음 달래줄 박하사탕 한 알 깨문다.

추공 秋空

보도를 걷는데
누가 어깨를 툭 친다

뒤돌아보니
노란 은행 알이다

아- 가을은 나를 반겨주는데
그 사람 감감하다

하늘 좋고
바람 좋고 햇살 좋고

아무렇지도 않게
짝진 고추잠자리 높이 날아간다.

진눈깨비

종일 뿌린 진눈깨비로 곤죽이 된
고샅길 위로 눈을 감는 어설픈 저녁

밀린 기성회비에 쫓겨 온 막내가
책상다리로 쪼그린
방 귀퉁이 아직도 훌쩍거리는데

먹구름 속엔
시래기죽 한 그릇 엎질러져있고

푸석푸석 누런 입담배 같은 어머니가
입고 오신 뼈 앓는 소리

오월 이천이십

시방은
늦은 봄과 초여름 사이
동백나무 새 이파리 돌아 유난히 반짝이고
코로나19는 미세먼지까지 감염시켜
확진 자 격리수용이나 자가 격리로 쫓아냈는지
하늘이 참 지랄같이 높고 푸르다
전 국민을 마스크 씌워 아가리 막은 값으로
긴급재난지원금이란 상품권을 준다는데
언 발에 오줌 누기로 주는 그마저도
김장마늘과 계화도 간척 쌀 팔아야 한다고
아내가 홀랑 채 가버렸다
썩을 놈 치자 꽃 파르라니 희푸른 달빛을
밤새 쪼아서 무섭도록 희게 피면 무얼 하냐?
5월
먼데서 온 귀촉도 울음의 살결도 흰데
연두색 가고 진초록 바람만
늙은 나이테 마디마다 뼈가 시리게 불었다.

일식

당신이 아무리 모른 체 하셔도
속으론 날 쓰다듬는 걸 압니다

햇살 내려 숨 쉬게 하는
당신은 나의 후광인 걸요

싸늘히 돌아앉아 계셔도
눈길 한번 안주는 캄캄한 어둠이어도

당신 마음 거기 서 계신 걸
내 마음엔 환히 보입니다.

석양에 서서

자꾸만 가물가물
어제가 그제 같은

치매라는 노망에 이르러
골마지 낀 지난날을 뒤돌아본다,

가난한 시 몇 줄의
얄고 옅은 풍신 난 글재주로

내 사유의 속내를
훤히 다 드러내 보였으니

시방 노을 끝에 매달려
새삼 무엇을 더 끼적거리랴

헛짚어서 누더기로 기워온 인생
시궁창 냄새나 녹슨 울음으로 읊어 볼까나.

넝쿨장미

초등학교 울타리에
초경 앓는 오월이

붉은 립스틱 입술을
왈칵 덮쳐 짓이겼다

연두색 바람이
송이송이 재잘거리면.

오월 속곳에 번진
새빨간 꽃물처럼

첫눈 입은
홍시 사랑으로

초여름 고운눈짓이
해를 따다 걸었다.

서리서리 풀어놓고
한 삼천년쯤 울어보렵니다

당신하,
정녕 날 버리시려거든
그리움과 미망을 묶어
가슴 속 저 밑바닥 구석진 곳에
깊이깊이 잠들도록 하여 주소서
꿈마다 오시는 발걸음 끊으시고
꽃피고 새 울고 궂은비내리잖아도
불현듯 매달리는 안쓰러운 미련마저
훌훌 거두어 가신다면
추적추적 가을비 내리고
이승 뜨는 날
비로소 가슴 저 아래 묻어둔
그리움과 미망의 응어리를 꺼내
무소유에 엮어 저승에 가서나
서리서리 풀어놓고
한 삼천년쯤 울어보렵니다.

아내의 동화작용

까닭 없이 수척한 아내를
어제 밤 분갈이하였다

세상을 너무 쬐어
숙성된 하초를 잘라내고

웃자란 바쁜 입술을
고요히 가다듬었다

어쨌거나 흘기는 눈꼬리에
늙은 동화작용을 입혀주고

아내의 물코를 터서
느긋하게 살수를 뿜어주면

꽃이야 맺던지
까짓것 피던지 말든지

싸난 바가지로 다랑 다랑
열리던지 무상으로 긁던지

푸르러지고 싶은 날

저토록 푸른 하늘이
네 눈으로 쏟아져 내려
가슴에 고이면

너의 마음은 하늘보다
더 맑은 호수였으리라

오월이 푸르구나.
우리들은 사랑하여 자란다.

오월은
푸르러지고 싶은 날

떠나가는 소리

젊어서
멀쩡하게 잘 들리던 귀로는
죽어도 듣지 못했던
당신 오시는 발걸음소리가

이승 마칠 무렵 되어
폐기처분 될 귓구멍에는
떠나는 당신 발자국소리가
또박또박
선명하게 새겨 들립니다.

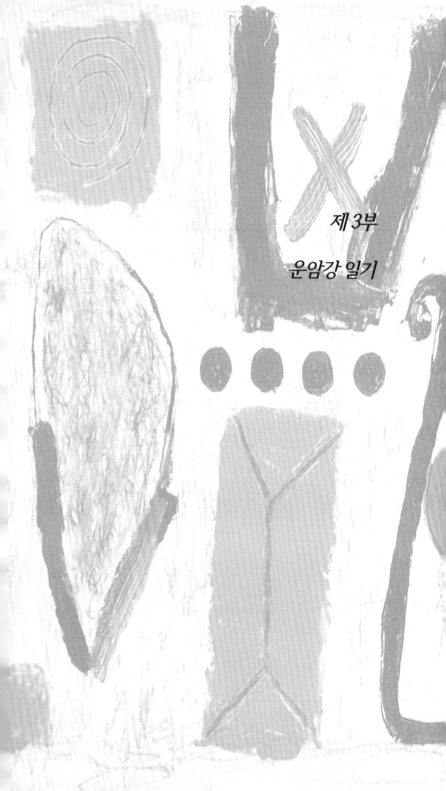

제3부

운암강 일기

마이산 고원에 라일락꽃피면

성숙한 여인의 유방처럼 솟아오른 마이산이 사는 진안 고원분지에는 눈물보다 맑은 시냇물이 흐르고 있어

만리장성마냥 기다란 뚝 아래엔 좁다랗게 파아란 배추가 속을 채우고, 한길 넘는 그 위로 서너 번쯤 떨어져봐야 술잔이나 깨물은 축에 낄 수 있었다.

분지의 겨울은 정강이까지 눈이 내린다, 쌓이는 눈길에 자빠지며 늦가을부터 입맛가신 방천 가 더펄이네 추어탕집을 찾아간다.

엄지보다 굵은 미꾸라지숙회를 놓고 삼백 예순 닷새를 퍼마시는 마이산처럼 이마가 벗겨진 친구와 겨우 십여 년 마신 내가 술동이를 나수 비웠다.

낡은 영감 할멈과 뒷머리 묶은 청상과부며느리와 토깽이만한 손자가 사는 하숙집 마당엔 라일락나무가 항상 심심하게 서있다.

안채엔 큰방의 두 노인과 남모르게 밥 속에 계란을 묻어주는 과부방과 구멍 뚫린 벽에 알전등을 같이 쓰는 내방뿐이고 행랑엔 산림계직원 대여섯이 우글거렸다.

계절이 늦게 당도하는 고원의 분지에도 봄이 올라오는 오월엔 라일락꽃이 피고, 치마폭에 그 향기가 스며드는 깊은 밤마다 청상과부의 숨죽여 우는소리가 알전등구멍으로 건너왔다.

  라일락꽃지고 청상과부는 기어이 떠나갔다, 애호박만한 어린것과 늙은 할멈의 눈물바람을 남겨두고 시내로 전보된 나도 진안분지를 내려왔다.

  얼마 뒤 석양 술이 얼큰한 왕 대폿집 네거리에서 행랑채 하숙하던 산림계 늙은 능구렁이의 팔짱을 끼고 가는 청상과부의 곱실곱실 파마올린 뒷머리를 보았다.

운암강 일기

운암강 물가에 저녁이 내리면 눈물을 그렁그렁 매달은 어린 별들이 맨발바람으로 나를 찾아옵니다.

씨감자를 구어 먹다 비벼댄 손등으로 콧물을 훔치는 아이와, 단 수수 껍질에 베어진 손가락을 싸쥐고 오는 녀석이랑

뻐꾸기 피울음을 터진 호주머니에 담아오는 녀석도 있습니다.

그 녀석들이 오는 날은 언제까지고 운암강 강 자락에 그녀와 둘이 앉아 전라도 개땅쇠 이야기를 주어 담을 생각이었습니다.

녹두 색깔로 하루가 이울고 긴 모가지가 외로 꼬인 강물이 하이얗게 울며 내려옵니다.

임실 장터 고추 값이 땅갈로 떨어져 매운 물이 우루과이 라운드에 절여서 오돌 오돌 떨며 내려옵니다.

산두 밭에 시금치 오이 쑥갓 뒤안파 다랑이 호박잎 깻잎 파리 고구마 순 호박 썰어 말린 고지랑.

참깨 들깨 아주까리 진둥개 살모사 까치독사 씨감자 한
볼태기 쑥나물 호랑나비 머루 다래 고사리 감 대추 머위
순 시래기 삶아.

　두릅잎 초고추장 찍어 버드러진 누런 이빨, 강아지 토끼
새끼 송아지 빠구샤 레구홍 리암푸샤 뿔 빠진 염소새끼

　가슴애피 한 주먹 수심가 토라진 조왕신 턱주가리 절구
통 밑살까지

　그저 돈 되는 것이라면 죄 내다 팔아도 타다 남은 부지
깽이마저 내다 팔아도

　그믐치 서답을 헹구던 가시나 간곳없고 기어이 모두가
떠나간 저것들이 안쓰러워 강물이 웁니다.

　방천숲 쇠똥 밭에 숨어서 숨 죽여 키득거리는 도깨비 녀
석 외약다리 붙잡고 나도 따라 전라도 육자배기 가락으로
피멍 진 울음을 보탭니다.

위봉 산성

내 귀가 유달리 크고 기다란 것은

왜놈들이 위봉산성 대궐을 불 싸지를 때

위봉사 대웅전 본존불상부처의 눈귀를 가리다가

부처님 귓바퀴를 흠집 낸

네 어미 태몽이라는 어머니 말씀에

위봉폭포가 긴 하품을 깨물고 섰습니다.

성 참봉 외조부가 왜놈에게 쫓겨나

전주성 북문 안으로 상투 풀고 이사 나올 때

족보와 함께 싸가지고 온 조선태몽에 묻혀와

정여립과 동학이 꾸다만 꿈을

오사 혀 빠지게 지천으로 피어서

사람 참 환장하게 고운 산성 진달래꽃 때깔로

외할아버지가 꾸신 조선태몽일거라며

귀때기가 긴 놈이 많아야 조선명줄이

부처보다 더 오래 오래 길거라고

조부님이 우기셨습니다.

모란은 지고

〈지까다비〉를 벗으면

발가락이 하나씩 뭉텅 떨어졌다는

한하운이 걸어간

가도 가도 붉은 황톳길

전라도 황톳길을 한나절 달려

찾아간 영랑생가에는

모란은 이미 지고 없어

찬란하게 져버린 슬픔의 늦봄이

영랑만큼 옹골지게 서운하였다

지금쯤 영랑은 어느 별에 쪼그리고 앉아

뚝뚝 떨어진 모란의 봄날에

설움을 쳐 박은 채

삼백 예순 닷새를 가슴 쥐어뜯으며

어떤 봄날을 또 다시 기다려서

하냥 울고 자빠져있을까.

지리산 여름

환인이 방사한 노고단 골짜기 물이 초롱초롱한 눈을 돌돌돌 흘기며 굴러내려 하늘을 끌어다가 선녀탕을 지어 냅니다.

그 물빛 고운 모퉁이 안반바위에선 한 맺힌 원귀바람에 일렁거리는 촛불이 쥐어짜는 뜨거운 눈물을 촛농으로 주르르 흘립니다,

질퍽한 암무당 살풀이춤과 비난수 소리와 둥둥 북소리와 징소리로 지리산 여름 골짜기가 깨어집니다.

얼어 죽고 굶어죽고 총 맞아죽은 귀신들이 선잠에서 부스스 일어납니다.

껑충껑충 도굿대춤에 신 오른 무당이 흔들어대는 복개종 소리와 고사떡 조라 술을 버무려먹고 마른트림을 합니다.

주먹만 한 별들이 그 어느 날 야광 탄처럼 쏟아지는 밤이면 젊은 체온들의 천막 속 개지랄 향연이 헐떡입니다.

연리지 놀음의 가쁜 숨소리에 귀신도 숨을 죽입니다, 피아골 산골짜기가 흔들거립니다.

깊은 골짜기 사이에 산등성이를 비벼대어 뿜겨진 껄적지
근하게 뜨거운 고로쇠나무 물을 죽은 빨치산 발싸개로 훔
칩니다.

하늘아래 첫 조선소나무가 한숨 닮은 솔바람소리를 휘이
내쉬더니 솔방울 눈을 부라립니다.

그 푸른 쪽빛 바다

나 어려서 이사 간 곳은
역졸 살던 역말 윗녘 재배기마을

일제강점기 때 왜놈들
전시戰時 알코올 공장 납품용으로

쪽빛 고구마 잎이 바다처럼 끝없이
펼쳐진 녹두밭 웃머리 황토배기 땅

도롱이도 못 걸치신
삼베등걸 허리 굽은 어머니

소낙비 속 밭고랑에 엎디어
고구마 순 놓던 곳

허기진 빈속에 콩깻묵 명아주 풀
막 된장에 버무려먹고

구와 증으로 입이 돌아가 부황난
누렇게 뜬 얼굴들이 모여 사는 곳

뙤약볕 긴 긴 하루 품삯은 타다만
왜놈토스트 새끼 뼘 한 토막

질화로에 가난을 묻어놓아
눈 깊은 겨울 밤 배를 채우면

암 여시울음 가죽나무에 걸치고
배곯은 눈썹달이 섥다

초아흐레 고산장날

언제 찾아가도 정갈한
시냇물 흐르는 청초한 동네

초아흐레 고산장날
감을 사러 갔더니

절기가 아직 일러 감은 못 사고
이 잡고 서캐 훑는 참빗을 만났다

어린 두 딸의 머리칼에 하얗게 슬은 서캐를
손톱으로 훑어보다가 에프킬라를 뿌렸더니

죽은 서캐만큼
아내한테 돼지게 혼이 났었다

장터를 돌다 우연히 만난 동창생 녀석
참, 지랄 맞게 인정머리 따숩다

탁배기 몇 잔에 육회안주
얼큰한 눈에 익은 고산 그 친구

얼씨구 씨구 들어간다,
저 얼씨구 들어간다

내가 잘 허먼 늬 애비,
늬가 잘 허먼 내 아들

지리구 지리구 잘도 헌다.

옥정호수玉井湖水

만수된 섬진강 옥정호수
가득한 물이 방방하여

내 마음에 푸근한
포만으로 찰랑찰랑 넘친다

물에서 나온 태생 탓인지
그득한 물을 보면 하늘만큼 좋다

텁텁한 막걸리잔도
가득 채워야 느긋하고

발목 보이는 바지보담
신발을 약간 덮어야 어색치 않다

오다만 절기가 아닌
꽉 찬 가을이 감칠맛 돌듯

저리 맑은 호수에
잘 익은 세월이 살아.

따순 가슴 나를 채워주심은
철철 넘치는 사랑인 게다.

산청 전 구형왕릉 傳 仇衡王陵 에서

나라 잃은 몸이 어찌 흙속에 묻히겠냐며

돌 속에 들어가 가야백성을 지키겠다던

가락국 마지막 임금 구형왕은

백성을 지키기는커녕 손주 놈을 시켜

백제를 쳐 부셔버렸단다

오늘은 그 철저히 폐망한 백제후손들이

흩뿌리는 진눈깨비를 맞으며 기어 올라와

제나라 망해먹은 김유신 증조할애비

구형왕 돌 무작 무덤에다가

무릎 꿇어 사배를 드리고 자빠졌다

쓸개 없는 사람들 같으니라고

흰 삿갓을 둘러쓴 지리산 천왕봉이

하얀 눈썹을 껌벅거리며 쯧쯧쯧 혀를 찬다

돌무덤에 누웠다가 무료하고 적적하시면 나와서

맑은 술 한잔 젖수시고 후궁도 덥석 안아보시라고

돌탑 한가운데 뚫어놓은 구멍으로

해장술이 불콰하신 김유신 증조부 구형왕이

저 꼬락서니를 빠꼼히 내어다보고 있다

삼류시인과 기계독

간장 된장 비암 가루 발라보고
지네 장뇌뿌리 강냉이수염도 발라봤다

당골네가 독이 쏙 빠진다고 일러준
인골 가루도 아무 소용없는 헛 지랄이었다.

어머니가 생마늘을 으깨어 환부에 붙여주셨다
하늘이 노오랗고 머리통에 불이 났다

살갗이 타들어가 훌쩍훌쩍 뛰었으나
도장밥은 도로 아미타불이었다.

통 시암 풍수 말 따라 식초를 발랐더니만
두 눈이 튀어나오고 네 방구석을 북북 기었다

불에 달군 인두로 지진다.
독바늘로 콕콕 쑤셔서 미치고 환장했다.

고추 따먹은 여시 대가리 쌀쌀 내두르듯 흔들며
온 마당을 구르다가 동네고샅 개골창에 쳐 박혔다

생마늘 찧어 바른 고문은
천당이고 극락세계였다

입학 기념으로 사준 내 모자를 뺐어. 쓴 분교장
또래 녀석들에게 기계독이 호열자마냥 옮아갔다

생마늘 비암가루 식초 바른 후유증으로
내 머리는 돌대가리가 되어 셈본이 싫어졌다

나긋하고 감칠맛 도는 국어와 가까워져
종당은 삼류글쟁이로 전락하였으나

고차원으로 비틀고 감아 쓴 뜻 모를 난해한 미래 시
는
쓰지도 읽지도 못하는 아날로그 시인이 되었다.

무진기행

정수리 높이로 깔린 안개만
안개만 보다가

깡소주 먹은 눈 깊이만한
안개를 보듬다가

그 짓 하다 들켜 창피한 무렵처럼
시궁창 같은 물 빠진 갯벌에 앉아

시뻘건 피를 뚝뚝 흘리는 피조개를
서해안 뿌연 안개 자락에 싸서 먹었네

선술집 작부 같은 퇴화된 내 인생을 물고
괭이갈매기 노랑부리가 안개 속으로 사라지네

바다의 살결로 그리움을 철석이듯
무수한 언어로 태어나는 하얀 나비 떼

꿈을 꾸는 듯 안개에 묻혀
가물가물 그녀가 사라지네

슈펠트의 겨울 나그네가 걸어가는
선율이 흐르듯 안개가 누어 흐르네.

이승의 속눈썹

골마지로 다닥다닥 기워
남루한 이승을 벗고 가는 날

잘못 산 이승의 속눈썹과
얽히고설킨 죄업을 내려놓아

마음 한 조각과
용서라는 것을 풀어놓으면

제풀에 넉넉하게 표백되어
하양 여백으로 지워지려나

나 없는 내가 되어
타인의 아무개로 산 인생

한번쯤 뒤돌아보면
가난이 자욱하게 앓던 사랑

내게 건네던 네 뜨거운 숨소리와
젖은 눈망울을 어떻게 잊는 다냐.

드디어 내가 되어 비록
먼 먼 하늘 길을 떠나간다 하여도.

눈으로 쓰신 말씀

심심한 하루를 울리고 노는

골짜기 저 물소리

어디서 오며 또

어디로 사라지는 가

저 물소리 있음에

하늘 문 여는 솔바람소리

소매 깊이 푸르러진다

이승에서 내 가슴에다

꽃을 심어주고

사랑을 분양하여

눈물의 완성을 이식시켜놓고서

그리움 마디마디

불 싸질러놓은 사람 부질없음이거늘

무상을 알몸으로 부딪쳐

깨달음의 경지에 이르는

불명산 화암사花巖寺 골짜기 물소리는

부처님 크신 귀로 머금어

자비로운 눈으로 쓰신

붓다의 거룩한 말씀인 게다

이승의 끝자락 연가

숨넘어가기 전에 하얀
겨울 색깔로 널 보낸다.

평생을 보대낀 널 데려
차마 저승까지야 어찌,

이승 마친 끝자락 겨울 가고
봄날이 와도 꽃은 아예 잊을래,

너 하나면 그득한 걸
비집을 품이 없다.

생채기

물 묻은 감정은 마른 뒤에 털어야한다

이 푸른 별 지구에 와서

개 바위 지나듯 건성으로

엄벙덤벙 인생 살면서

내가 저지른 짓거리라고는

아직 물기가 마르지 않아

척척한 감성을 털어내어

사랑해야할 사람들에게

지독한 생채기를 무수히 안겨 드렸다

등짝이 오싹하고 가슴이 섬뜩하다

이제 해거름 붉은 노을이

내 이마에 올라와 스러져가려는데

아직도 내 영혼의 물기가 덜 말라

상처 드린 가슴을 닦아드릴

시간이 촉박 하구나

어이할거나, 어이할거나

이대로 저승 문턱 넘어

이승을 하직하여 떠나간다면

천근 무거운 발걸음을 어찌 감당할 수 있으랴

청산도 초분

깨구락지 거기 수염 나고
여치 잠지 털 난다는 청산도 초분

짠 내 젖은 암컷 바닷바람과
화냥년 같은 햇살 감기면

거추장스런 살비듬 벗어
육 보시로 내어주고.

달뜨는 바다를 걸어가
양식장 전복과 교미를 한다

조갯살 진주 박히듯 뼈마디마다
그리움 뭉쳐 자란 사리 몇과

선하품 깨물어
깊은 잠에 적막하다

새만금에 부치는 말

여기, 얼마나 많은 소망과 피땀을 쏟았 더냐
그간 얼마나 많은 피눈물을 묻었 더냐

천구백 구십일 년 동짓달부터
서른여덟 해 그 긴긴 세월동안

지렁이 기어가듯 겨우겨우 물막이 둑을 쌓아
구경꾼 자동차만 쌩쌩 달려 눈요기 시키고

기네스북에 오르면 무얼 하냐?
그놈이 밥 먹여준다 더냐

누가 널더러 약속의 땅이라 하며
누가 널더러 한국의 미래라 하더냐.

염통도 허파도 쓸개 같은 내장이 없고
후손을 생산할 생식기도 빠진 터에

삼십삼 킬로의 땀방울로 축조된
키만 우북하게 자라서 무엇에 쓰겠느냐

전라도 토박이가 여립과 동학을 앓고 난 뒤
이웃에 밀려 전라도에서 조차 쫓겨날 시방

너는 그 기다란 키로 아직도 시퍼렇게
자빠져 누워있으면 어떡하잔 말이냐

어여, 어여 일어나 거라 하다못해
하늘의 밑천이라도 잡아끌어다가

　오장육보 가득채운 거기 이 땅에 영혼을 불어넣어
성큼성큼 걸어서 발전하는 새만금이 되 거라

여름날 무성히 자라나는 땡볕처럼
밀물에 유유히 자라나는 바다처럼

옹골지게 자라서 웅경雄勁하게 일어나
한 맺힌 저 가난한 가슴들을 쓰다듬어 주거라.

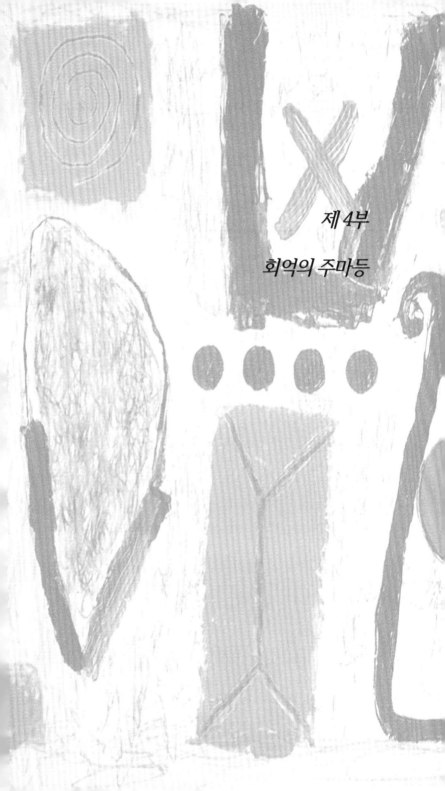

제 4부

회억의 주마등

회억의 주마등

　나는 봄날 꽃피면 울고 자빠진 과수원 복사꽃이고, 잘 익은 수밀도복숭아요, 홍시 매달린 먹감나무다.

　구슬치기 상수리나무열매요, MI소총 탄피였다.

　떼새들처럼 몰려다니며 참외밭 수박밭 이웃과수원 서리 꾼이요, 가을밤 깨물던 옹골지게 달디 단 배였다.

　새빨갛게 익은 능금이요, 인민군 딱궁총 끄시던 어린소 년병이고, 한국은행권 빨간 돈이다. 모터치클이다.

　꼭 한번 제 앵두에다 손을 넣어주던 단발머리 가시내요 쌕쌕이비행기 기총소사 쏟아지던 날이었다.

　원두막에 땀 그치던 바람이다가, 눈 쌓인 밤 도깨비 홀린 장꾼이다.

　황새목 낫으로 한소쿠리 깎아먹던 겨울밤 고구마요, 동 짓날 동치미다.

나락 빈 물꼬에 모인 송사리요, 소나기삼형제 내린 마당
에 꼬물대는 미꾸라지요, 볏가리 양지에 기대앉은 삼한사
온이다.

　흘레붙은 왕잠자리고, 캐터필러 요란한 껌둥이 탱크였다.

　명절이면 솥뚜껑 뒤집어놓고 전을 부치던 조모님이, 숯불
냄새로 변두머리에 하얀 테를 매고 앓으시던 고향이다.

여름 다듬기

비가 온다 장맛비가 강물처럼 흘러내린다 저놈만 해도 내 부피의 하루가 뻑적지근하다

하품같이 지루한 장마 녀석 후임으론 "데라우치 마사 다케" 왜놈 통감보다 더 악독하게 푹푹 찌는 칼부림을 차고 삼복이 부임한단다.

앞산 푸르름이야 장마가 지던 삼복이 지랄을 하던 아랑곳없이 제 자태대로 전천후 자궁을 벌려 별과 하늘을 깊이 담을 테지만

어디 내 팔자야 노상 의기소침한 걸, 이별이 파헤치고 간 가슴팍에 천둥벼락치고 붉덩물이 한물져서 휩쓸어 걸어가고 나면

하늘에선 시커먼 먹구름이 생 지랄을 끙끙 앓다가 우르르쿵쾅 번쩍거리지만 설마 당신은 내가 저것쯤은 감당하리라 추임새로 인식했을 거나

"비가와도 한 닷새 왔으면 좋지" 소월의 왕십리 서너 뺨 건너, 가도 가도 캄캄한 어둠이 한 달포 울면 젖어 누운 마음에 깊은 생채기 얼룩지고

비루먹은 똥개 혓바닥처럼 할딱거리다가 더위 먹은 내 꼬락서니가 어머니의 익모초 대접으로 살강위에 나뒹굴어도

저토록 지겨운 삼복의 전립선을 뭉게구름 눈썹위에 쫙 펴서 널어놓아 꾸들꾸들 말린 여름을 내 사는 그대로 다듬어본다.

그리움을 헹구어도

느자구없이 지독한 이 그리움을
흐르는 시냇물에 설설 헹구어 볼까

하이타이 같은 세제로
빡빡 문대어 빨면 씻겨 지려나

가슴에 배어 얼룩진 하얀 근심을
지우는 신통한 지우개는 없는지

저승 간 화타를 불러내어
뜸뜨고 침 맞는 처방을 받을 수도 없고

이토록 푹푹 찌는 중복을 짊어지고
하얀거 들어 깊은 명상이면 표백 되려나

간밤 여름새 울음 섞은 술잔인들
폭폭한 하루를 어쩌란 말이냐

젖몸살 앓는 네 그리움의 까만 눈망울을
무슨 눈물로 쓰다듬어 담담히 감겨볼 것인가.

천치

정수리에 신을 모신 도공은

신기와 피와 담과 재능과

슬기와 물과 흙에 버무려서

눈빛 맑은 불을 댕겨

하늘마음색깔 청자를 빚었거니와

겸제 정선은 신의 말미를 빌어다가

금강 전도와 박연폭포를

붓 끝에 옮겨 화폭에 부려놓았는데

애당초 삼신할미에게 끼를 받지 못하여

신은 고사하고 도깨비도 만날 수 없는

빈채리 닮은 나 같은 천치에게는

몽유도원을 거닐던 안평대군의

꿈도 찾아오지 않는다

새삼 무엇을 쥐어짜겠는가,

이별 머금은 가슴이나 쥐어뜯어

허페 빠진 웃음을 찍어 바르고

시치미 뚝 뗀 세월이나

조몰락거려서 빚어보는 수밖에

상전

아무리 삼복 무더위가 30도를
웃도는 날씨라지만

집에 계신 반려견이 더우실까봐
에어컨을 켜주고 출근하며

반려동물의 건강과 컨디션 유지를 도와
척척한 장마엔 제습기를 틀어준다는데

전기세 나가는 게 무서워 에어컨을
하루에 한 시간도 못키며

제습기는 아예 꿈도 못 꾸는
나 같은 사람보다는 개가 훨씬 윗길이다

비실비실 녹아내리듯 휘청거리는 마누라
보약은커녕 여양주사 한 대도 어려웁거늘

여름보신용 황태국과 닭 가슴살을 드리고
수십만 원대 한약까지 공수하여 먹인다는

개만도 못한 인간임을
사무치게 뉘우쳐

앞으로 동네 골목이거나
산책길에서 목줄 맨 견공을 뵈올 땐

내 상전으로 알아 모셔서
아랫것의 큰절로 문안인사 올려야겠다.

사랑하는 법

사랑하는 법을 몰라
뿌듯한 사랑을 못해봤다

세월이 흐른 뒤에야
후회로 터득한 쑥스러움에

사랑 눈이 조금씩 뜨였으나
아직도 사랑을 모른다

사랑은 아침 이슬보다
더 영롱하고 맑다는데

남루하고 어두운 내 가슴으로
어찌 그 경지를 감당하랴

지구란 푸른 별에 와서
살다간 흔적으로

맑은 사랑이 우러나게
내 마음에 용수를 박아서

스쳐 가신 모든 연분에게
첫술 뜨듯 맑은 사랑

한 바가지씩
떠 드리고

이승 끝자락을 마무리 짓는
사랑 법으로 가름하고 싶다.

내 귀는 당나귀 귀

거울에 비친
내 귀는 당나귀 귀

참고 산 말과
피 토할 말을

가까스로
삭힌 나이

이젠 못 들을 것도
안 들을 것도 없는데

경문왕처럼
귀때기만 길고 커서

짜샤,
명은 길것다.

작은 그릇

바람을 불러다놓고
시를 잡는다
간밤 꿈에서까지도 분명
선연히 보였는데
가고 없다

멀리서
네 작은 그릇 크기로는
담지 못 한다고
가장 낮은 목소리로
이 머저리 녀석이라 한다

내 언제는
그 매 안 맞고 살았는감.

하얀 가뭄

뙤약볕을 걸어와 바짓가랑이 흙먼지를 털털 털던 수척하게 마른 여름이 고뿔 같은 긴 혓바닥을 내밀며 끈적끈적 나와 살잔다.

빈 천둥소리 멀리서 울고, 비 소식 감감하여 마른 땀방울만 비죽비죽 흐르는데 미친놈, 내가 어디 저와 살 군번인 감.

고추모종 강그러진다, 하지 지난 감자씨알이 참새불알만 하도록 가물다, 비루먹은 논밭뙈기는 소박맞은 누님마냥 시들시들 풀이 죽었다.

하기사 아파도 신맛에 자빠져 할딱이는 이 미친 여름인들 얼마나 더 아프랴, 따순 눈짓 한 줄금 보내고 싶어도 못 보내는 당신의 아픔처럼.

마른번개 두어 획 그으며 번쩍거린 다랑이 논, 아침 벌어서 저녁을 먹고사는 저 가난한 주둥이들, 둠벙 수로 파서 물꼬 대는 마음을 참말로 쪼깨만 미안 한다면 쓰것다.

찢기고 해어진 낡은 군용모포처럼 너덜너덜한 빈 구름 한나절 네 소인 찍힌 보조개 한 장 없어 심심하고 오동잎 사귀만큼씩 내 가슴에 흐르는 강물이 졸아 든다.

  이 한여름 눈에 밟히는 장마와 변색한 당신과 내 지독한 유월은 글자가 모두 일탈해버린 달력 같이 하얀 여백으로 무던히 목 타는 사막이다.

낡은 아내

서재의 불을 끄지 않고 나왔다며
오늘도 아내에게 귀가 아리도록 혼이 났다

때때로 남편 혼내는 재미를
늙어가는 소일거리로 삼기에

고이 한 심보를 긁어보고자
내일은 시장에 가거든

내구연한이 지나 용도폐기 된 나와
쓸 만한 새 서방으로 바꿔오라 했더니

그 작은 눈을 찢어지게 흘기며
같은 값이면 백화점에 가서

최상품으로 골라오라 할 것이지
시장바닥 싸구려 하품과 바꾸라하냐고

공연히 긁어 부스럼 만들어
눈 빠지게 또다시 혼이 났다.

첫눈 오시는 날

지금 하늘나라는 봄날인 게다
거기에도 꽃샘바람불고

영동할머니 올라가시는지
벚꽃 잎이 난분분 나부낀다.

하늘 올라간 부안 기생 이매창이
이화우 하얀 배꽃을 흩날리는 거다

팔랑팔랑 무수한 날갯짓으로
흰나비 떼 날아오는 저어기

숙고사 하양나비저고리
새 각시 때 우리 어머니.

이승에 걸어놓고

슴슴한 하루가
저 혼자 흘러간다.

이렇게 허허로운 일상을
아슴아슴한 혼몽 속에 보내버리고

알갱이 없는 가을을 맞아
쭉정이 삶을 기꺼이 후회는 말자

사람 살아온 것
도토리깍정이에 담아 본들

그것이 그것 거기서 거기
부질없는 *빠꿈살이 같은 짓거리거늘

그까짓 이름 석 자 남긴들
무에 그리 소중할까

이승 뜨는 날
마른 숨결 놓으면

영혼마저도 여기에 걸어놓고
억겁으로 떠나가는 바람 같은 것을.

버려진다는 것

망각이란 놈이
내 의지와는 일언반구 상의도 없이
하루에도 수많은 사람을 버린다
초등학교 동창에서부터
군대 짬밥 먹던 녀석이며
월급쟁이시절 막걸리 동료 이름까지
솔래솔래 잃어버릴 때
누군가에게 나도 그리 버려질 것이 분명하다
머잖아 나를 내다버리고 난 뒤에는
내 입던 옷가지며
서가에 꽂힌 저 책들을
몽땅 내다버리거나 태워야겠다고
무심코 하는 아내의 말에
그럼, 그럼, 수긍이 가면서도
아, 아내는 이미 마음속으로
풍신 나고 꾀죄죄하고 알량한 내 글과 함께
나를 벌써 내다버렸었구나, 생각되어
밴댕이 속 같은 소갈머리가
도둑맞은 가슴처럼 휑하니 서늘하다.

마름

내 마음 속에다
하늘을 경작하고자
몇 마지기 소작을 얻으려 했더니
씨줄 날줄도 없는 하늘엔
낮에는 깡그리 거두어 두었다가
밤마다 별들을 총총히 심어놓는
어느 힘센 주인 밑에서
마름 일 보던
기러기 떼 멀리 날아가 버렸다

타박타박 힘 빠져 돌아선
발걸음이 서러운 일 아닌가.
그나마 쓸쓸하기도 하여
차라리
제 서방님 눈썹이 닷 마지기라는
마음씨 짙은 여인에게
올 가실 소작료 조租로
잘 익은 근심 두어 섬 바치마고
마름을 부탁하는 게 어쩔까 싶다

아내의 재주

미적미적 다가온 낌새가 수상한 아내
무어라 할 듯 말 듯 옴죽옴죽 입술을 달싹거리기에
무슨 말을 하고싶어 왜 그러냐고 물었더니
그게, 멋이냐 그렁께 저 거시기
한참 뜸을 들이더니 부모님 제사를 절에 모시잖다
서울 동서들 싸가지 없어 코빼기도 안비치고
늙은 삭신으로 나 혼자 제사 챙기는 일 버거워서 못하겠단다
몇 해 전에도 저런 핑계로 아버지 어머니 기일을 합쳤는데
이젠 아예 제사를 지내지 말자는 얘기다
무엇이 어쩌고 어째? 기가 막히고 환장할 노릇이다
  자식새끼 손자 손녀 증손자까지 줄줄이 시퍼렇게 살아있
는데
  천하에 후레아들 놈으로 얼굴도 못 들고 다니는 불상놈
을 만들 거냐고
불 맞은 짐승처럼 바락바락 악을 쓰며 훌훌 뛰었다
자기 여동생이 절에 맡겼더니 홀가분하다고 자랑해서
그리하면 어떨까 하여 그냥 해본 소리라고
퀭한 눈을 아래로 내리깔고 입 꼬리를 실룩 거린다
아내는 내속을 뒤집어 화를 돋우는 괴상한 재주를 가졌다

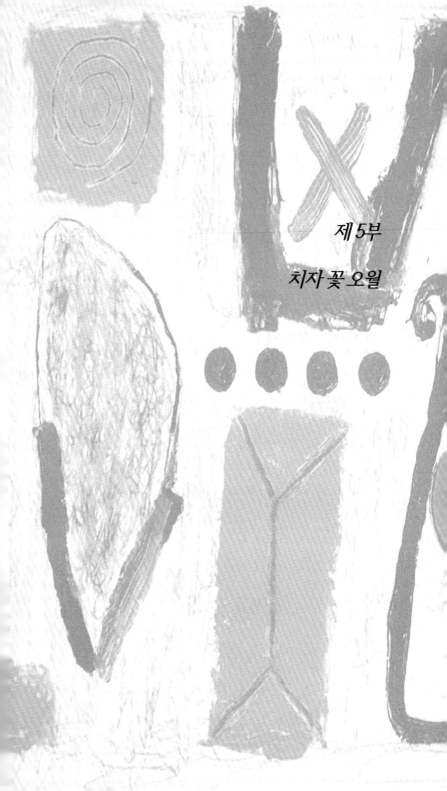

제 5부

치자 꽃 오월

찔레꽃

불그스름한 물에 취하신 아버지

바람처럼 사라진 날부터

아무 때깔도 없는 우리 어머니는

숨죽인 찔레가 되어서

새깽이 다섯 키운 마디마다

아린 가시가 스스로 돋아났다

봄이 오면 두 손 두발 사지를

찔레 순으로 꺾어내어 주시고

옥양목 흰 저고리 하얀 꽃피워

오월 쑥꾹새로 우시는 어머니

향기가 죽도록 서러워 짙다

할머니의 변두머리 2

할머니의 텃밭 토란잎에 후드득 쏟아진 소낙비가
또르르 굴러 내리듯 전쟁은 둘째아들을 가져갔다

그때부터 할머닌 변두머리로
머리띠 질끈 동여매고 누셨다.

맏손주 의용군 나간 칠월칠석에는 까무러쳐
칠성암 부처님 눈가에도 질척질척 궂은비 맺혔다

막내아들까지 잡아간 1.4후퇴 무렵
터주신 성주신 조왕신 측신 삼시랑 같은 것들

정화수 그릇 깨버리고
텃밭에 찰진 울음을 심으셨다

늦은 밤까지 부처 앞에 염주만 돌리시더니
새벽이면 텃밭에 묻었던 울음을 한 소쿠리씩 캐다가

늘 매기 울음으로 소리죽인
할머니의 깊은 오열이

내 유년의 뇌리 깊숙이
변두머리로 옮아온 지랄병이 되었다

낙엽

입동은 벌써 다녀가고

소설지난 초겨울 날

아파트 정원에 선 모과나무

모과열매는 모두 따가고

이파리만 아직 푸르다

자식 일찍 보낸 노인이

벤치에 앉아 담배를 피운다.

잎사귀 나오고 꽃 피운 뒤

열매 맺어 키웠는데

그놈 먼저 이승 뜨고

아버지는 아직 숨 쉰다

머잖아 모과이파리 낙엽으로

우수수 지고 나면

저 노인도 낙엽 되어 따라가겠지.

뚝새풀 꽃

붉은 울음이 목구멍에서 저문다
가녀린 여인은 온갖 때깔만 남기고

시네마스코프 총천연색 영상이
축음기소리로 달려온다,

언젠가 네가 두고 간 난 화분은
죽어도 꽃대를 올려 보낼 뜻이 없다

그것은 네 기별을 먹고 사는
나를 닮아 잊혀 진 생물이라 그렇다

내가 한 번도 깨물어본 적 없는
먼 - 별 하나 시퍼렇게 까무러치고

내 빈집
뚝새풀 꽃 같은 눈물이 안쓰럽다.

치자꽃 오월

나의 오월은
치자 꽃이 피는 계절

아침 방문을 열고 들어서면
천상에서 내려온

향긋한 오월의 내 신부가
하얀 면사포로 걸어옵니다

혹여 황진이누님이라면 모를까
클레오파트라 같은 건

고매하고 상큼한 저 천상의 내음을
어느 여인이 견주어볼 것인가

늦은 봄 오월은 가고
지랄 같은 초여름이 밀려와

혼미한 미세먼지 속에
시들시들 그리움에 수척한 나는

오월의 하얀 나의 신부가
다시 찾아오는 날 손꼽아

열두 달 마디마디 손가락 끝에
맴도는 눈물을 삼키렵니다.

꽃따기 摘花

과수원에 봄이 오면
멧새 우는 복사꽃 환히 피고

꽃 같은 아가씨 고운 손
똑똑 꽃을 솎아 따낸다

바르르 문풍지로
떨잠마냥 떨리는 손길

열매도 맺지 못하고
애석하게 요절하는 꽃송이

한세상 살아 보고자
눈 포래 견디며 피웠는데

하필이면 어찌하여 나만
솎아져 버려지는 운명일까

인간사 팔자도 모두가
그리 태어나는 것임을 어쩌랴.

이렇게 고울 수가

얼마나 무심했으면 여든 너머서
모과나무 꽃을 오늘 처음 만났다

바른 듯 안 바른 듯 찍어 바른
시악시 얼굴 수줍은 꽃 차림으로

그 처녀 아미 색깔보다 더 엷은
연분홍 다섯 꽃잎이

노란 꽃술을 에워싸고
다소곳이 조신하게 피었건만

시금 털털 못나빠진 모과덩이가
저 고운 꽃에서 어떻게 생겨났을까

그래도 못생긴 값어치로
향기는 천리를 간다는데

곱고 조신한 우리어머니에게서
태어난 내 풍신은

천하의 바보 천치 팔불출로
그나마 향기조차도 없다.

떡살구

퇴근길에 노랗게 잘 익은
떡살구를 오천 원어치 사왔다

얼마 줬냐고 묻는 아내에게
엉겁결에 오천 원이라 했더니

비싸게 샀다며
눈알이 쏙 빠지도록 혼이 났다

아차차, 이런 이런 내 정신 좀 보게
삼천 원쯤이라 할 것을

저 소행머리에게 번번이 당하고서도
오늘 또 실수를 하였다

내 어릴 적에
누님을 가진 아이와

살구나무가 서있는 집 아이가
가장 부러웠었는데

어머니 품 냄새 같은 떡살구

그 향수가 새삼 돋아나 사 온 것을

오천 원이면 어떻고 만원이면 어떤가.

속사정 몰라주는 아내가 조금은 서운했다

홍시

누구 시의 한 구절이던가
어떤 유행가 가락에 인생이
늙어가는 게 아니라 익어가는 거란다
요즘 나는 너무 폭삭 익어 물러터지고
숙성이 지나치게 많이 띄워져
퀴퀴한 고린내가 난다
부모님 제사를 합제하자는
아내에게 눈을 부라렸다가
땡감도 한참 팔팔할 때는
푸르고 떫고 싱싱하여 단단하지만
세월 가서 철이 들면 빨갛게
익어서 말랑말랑해지는데
어째서 당신은 아직도 철이 안 들어
익을 줄 모르는 땡감처럼 모질게도 떫냐.
허수아비 속창아리 위에
양복 걸치고 끄덕거리고 다니니까
시방도 청청한 화상인 줄 아나보다
익다 못해 진즉에 곯아 가지고
골마지 허옇게 핀 쭉정인 걸
예순 해 함께 산 사람이
눈 딱 감고 모른 채 하는 게 서운하여
늙은 하루가 더욱이나 곯아간다.

하양구절초

여름 삼복 찌는 더위는
뭇놈에게 육 보시 하는 햇살 시샘이고

가을 강물 저리 맑은 건
하늘이 눈 시리게 청명해서다

위가 푸르르 맑으니
아랜들 흐릴 수 없어 그렇다

간밤 무서리 내린 뜻은
저무는 가을 수심가 속살 탓이며

당신의 얼음장 보다 더
깊고 싸늘한 마음속 그림과

꽃그늘 매단 속눈썹 저만치를
내 작은 그리움으론 감당키 어려워

애달아 죽은
하양구절초 꽃 젓가락장단.

석곡石斛

비구니 볼우물 닮은 자그만 입으로
하현달 때려 가냘피 우는 네 노랫소리와

치자꽃 익는 밤 꽃대를 끌어안고
낙낙하게 부는 피리젓대소리로
네 가랑이에서 풍기는 고혹한 향내와

구만리 장천 하늘 다듬고 온
학 다리 곧게 쭉 뻗은 네 각선미가
그 사람을 어찌도 그리 닮았으며

청초한 아미에 살며시 머무는 연분홍 미소
입술모양 꽃부리 꿀샘 감춘 뒷모습이
어쩌면 저리 도싱하게 빼다 닮았을 거나

건중건중 초복을 걸어가는
네 날렵한 다리 사이로 흐르는
도도한 강물소리 이파리 푸르고

어느 때 내려와 하강 하였더냐
살비듬 고운 다섯 이파리 선녀가

하양 버선발 들어
하늘 올려 차는 저 춤사위에 빠져서

매 맞아 우는 하현달 여인처럼
나도 돌아앉아 눈물을 찍어내어

깊디깊은 여름을 울고 싶다

꽃 타령

지구 온난화 탓인지

사람의 위계질서가 무너지고

위아래가 없어진 인간사 닮아선지

흉년에 죽 쒀서 어른도 한 그릇

아이도 한 그릇처럼

봄날 꽃들도 위아래가 없이 핀다

아랫녘 벚꽃축제가 끝날 무렵이어야

여기도 피어나던 벚꽃이

윗녘 아랫녘 때도 위치도 가리지 않고

경쟁하듯 한꺼번에 피어 꽃 대궐이다

개나리, 진달래, 철쭉꽃이

차례를 버리고 앞 다퉈 피더니

동백꽃 자목련 백목련 아그배나무 꽃까지

한 타령으로 피어 꽃 천지를 이룬다.

꽃들이 저리 마구 피어나듯

비핵화와 종전終戰과 평화협정과

조국통일 같은 꽃들도

한꺼번에 그리 활짝 피어준다면

삼천리 방방곡곡 얼마나 환하고 기쁠 것인가.

바람의 그림자

당신은 시들지 않는 바람입니다.

감미로운 손길로 내 가슴을 쓰다듬다가 홀연히 진회색 꿈길로 이별을 끌고 옵니다.

가지말기를 채송화 꽃술 피는 만큼의 표징으로 매달려도 당신은 기꺼이 가셨습니다.

언제쯤 당신의 바람 그림자라도 남겨 주시렵니까?

키 작은 별들이 우는 나의 눈물로 시들지 않는 그 그림자를 펼쳐놓아

하얗게 잠든 여백의 눈자위를 그리려 서성거리다 가뭄 탄 목숨은 깡말라 수척해져갑니다.

당신 그리움이 내 가슴을 지나 영혼까지 전이 되어

위에 살던 하늘은 일찌감치 내려와 내 안에 누워버린 까닭입니다.

산그늘

아파트정문 한쪽 귀퉁이
두어 뼘 구석에

쪼글쪼글 낡은 할머니가 쪼그려 앉아
시금치 나숭개 채소 몇 주먹 팔고 있다

까탈을 부리거나 함부로 뒤척거리는
아파트 젊은 여인에겐

"당신한텐 물건 안 팔아, 저리가!"
야물차게 쫓아버린다

마음에 없는 원고청탁을 받거나
내키지 않는 모임의 초청일 때

저리 야물차게 거절해본
자존이 나에게 있었던가?

저 귀퉁이에 쪼그려 앉은 할머니가
산보다 더 커보여서

정문을 드나들 때마다
태산 그늘을 지나는 것 같아

마냥 쪼그라들고 부끄러워
한없이 작아지는 나를 만난다.

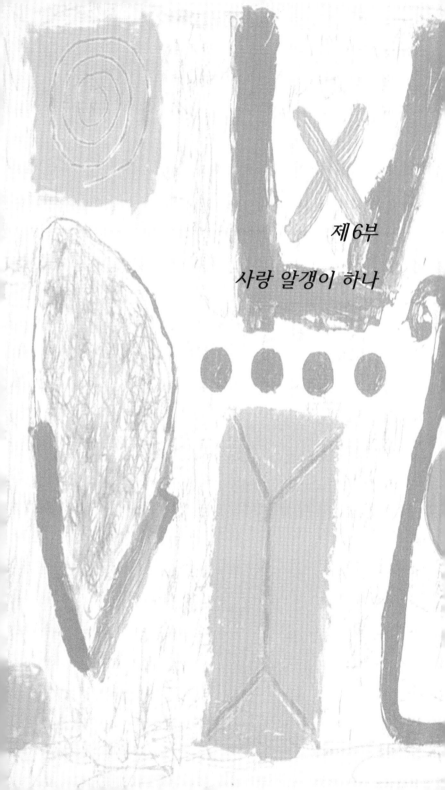

제6부

사랑 알갱이 하나

사람 등급

오늘 신문칼럼에 15등급으로 사람을 분류한 게 실렸다,

서울법대 출신 판사가 1등급이고 여자는 장. 차관 국회
의원 천억 원 이상 기업가 또는 강남 대형병원장의 딸이라
한다.

남자 꼴찌 15등급은 중소기업 신입한 정규직이고 여자
는 무직이란다,

비정규직은 등급조차 없어 분류도 안 되는 비참한 남자
라는데

그런 비정규직도 못되고 까마득히 먼 이야기에 돈벌이
없어 반거충이로 빈둥빈둥 짜빠져 뒹굴어도 찾는 이 없는

황새늦새끼마냥 멀건 눈으로 하루 놀고 이틀 쉬는 나는
어느 등급에 매겨질 것인가

인도의 최하층 민에 스치기만 하여도 부정 타는 〈불가촉
천민〉이 2억 명이라니 거기에나 속할까 아니면

북한의 최하층인 〈적대계층〉은 동북부 산악지대의 탄광
노동자로 수용되어 산다니

그 사람들이나 위안삼아 살아볼 것인가 15등급은 고사
하고 비정규직에도 못 드는 내 신세가 참으로 기구하다.

낡은 친구

　인도의 시성 타골이거나 타히티로 간 고갱마냥 살던 낡은 친구가 오늘 점심은 막걸리 두어 잔에다 꿈을 파종하였는지

　소파에 앉기가 무섭게 콧구멍을 열고 드르렁드르렁 푸우푸우 애드벌룬을 띄우는 낡은 싹수를 읽다가

　문득 고구려 보덕스님이 저어기 비암성인가 금강산보덕굴쯤에서 방장을 타고 날아와 석 달 만에 고달산 아래 고덕사를 지었다는 그 바람을 생각한다.

　버마 잽이 만큼 좁은 어깨를 들먹이며 색주가집 계집년 고쟁이 속을 헤집다가 한산소곡주 앉은뱅이술잔에 퐁당 빠져서 개헤엄 치듯 송장헤엄을 치는지 연신 푸푸 거린다

　새 각시 때의 아내를 로스케병사들처럼 세워놓고도 일을 치렀다는 한 대목도 겪어본 사람, 목탄차 가다 서듯 벌어먹기에 팍팍한 자식 놈 기미낀 하루를 걱정하는 것으로 마감을 짓는다.

헉헉거리며 꺽꺽거리는 숨결이 영암 월출산 날망이 아이스바일 피켈 끝에 찍혀서 천상으로 오르다가 염라대왕하고 삼판양승 도깨비 외약다리 씨름을 하는 중일 터

스칸디나비아 그림엽서보다 더 그림같이 아담한 옛 살던 이층집 베란다에 앉아 권련을 뻐끔거리는지,

울산바위가 보이는 동해 푸른 바다 고래수염을 쓰다듬는 꿈을 반추하느라 아리송하게 입술을 야금거린다.

솔거의 벽화 속이어도 좋고 석파石坡 이하응의 난초그늘이어도 무방하리라, 그저 오늘 밤에라도 자는 듯이 죽었으면 그런 꿈을 경작하다가 하릴없이 이른 봄 늙은이로 다시 걸어 나온다

아직은 저승 기별이 치운 게다

그녀가 벗어놓은 새벽안개

쉬어 터진 소리로
강물이 자아낸 새벽안개가

젖몸살 앓는 여인이
뽀얀 말기를 풀어 젖혀

쑥대머리 산을 부둥켜안고
고요를 흐느적거리네.

이승의 수짝이
저승의 암짝돌쩌귀구멍에

맞추어 꽂을 때 살 떨리는
사랑의 분출된 색깔은

그녀가 벗어놓은 하얀 소가지
란제리(lingerie) 속치마자락.

안면 顔面

장마가 오기 전에 아흐레장날 나가서 마늘을 사왔습니다, 장터나 거리마다 모두가 모르는 사람뿐입니다, 안면顔面이 없습니다, 한 결 같이 검고 흰 마스크를 둘러써 낯익은 얼굴은 하나도 보이지 않습니다,

" 잘난 체 하지만 사람은 얼굴에 가면을 쓰고 사는 건데 거기에 또 한 겹 가면을 덮어썼다"는 장터약국 늙은 약사의 말씀을 가슴에 받아 적었습니다, 쥐 소금 먹듯 야금야금 가고 마는 초여름을 보내고 설레 이거나 전혀 기다릴 것 없는 삼복을 마중 나갑니다.

이참에 아예 복면가왕에 나가 볼까? 내가 없으니 무엇인가 저질러보고 싶은 생각이 되겠습니다.

이명

지붕까지 피난민을 잔뜩 실은 기차가
우렁우렁 푸푸 씩씩거리며 달려온다.

T34 소련제 육중한 탱크가
우르릉 쿵 쾅 쇳소리로 밀려온다.

쓰르람 쓸람 찌이 -----
매미 울고 솔바람소리 뒤따른다.

귀뚜리 찌르레기 풀벌레소리
가득 울어도 가을은 아직 멀다

기다리는 소식 하나 들리지 않고
낡은 아내 잔소리도 희미하게 가물거린다.

어차피 안고 갈 이명이라면
누가 먼저가고 자빠져 누웠다는

슬픈 기별 같은 몹쓸 소리도
못 들은 채 이승 뜨면 얼마나 옹골질까.

무지개 뜨는 언덕너머

무지개 뜨는
저 언덕 너머

무지개를 찾아서
여든 해를 헤매었다

넘어지고 자빠지고 꼬꾸라지며
논틀로 밭틀로 달려갔으나

꼬리 적신 옹달샘은
끝내 만나지 못했다

항상 저만치 먼 일상으로 앞섰거니
이젠 그 환영마저 사라졌다

소나기 삼형제와 종다리와
내 젊음도 멋모른 채 따라갔다.

사랑 알갱이 하나

　업보처럼 끈질기게 찾아온 여름이 날마다 치자꽃향기 같다면 무성하게 자라나는 네 그리움이 얼마나 자욱하랴만

　검어서 서러운 아스팔트 위에 내뱉은 시름을 녹여 시간의 그림자를 찐적찐적 치근대는 오후의 하품만 저장한다.

　여름 조개구름에게 내 마음의 근황을 진맥시켰더니 새 생명을 불어넣어주는 힘은 오직 네 사랑뿐이며 아름다운 가치라는 처방이어서 예습을 했다

　삼한사온이 데불고 이민 가버린 소나기삼형제는 떠난 지 벌써 오래고 빈 마당에 수런수런 작달비 쏟아질 때

　툇마루에까지 코끝에 훅-하고 달려드는 매캐한 흙내와 꼬물꼬물하던 미꾸라지는 이미 아스랗다

　뜸북새 종다리 도깨비랑 모두 떠나가고 케케묵은 바람이 말복의 코뚜레를 잡아끌고 오면 무지개도 걸리지 않는 내

눈물 속으로 봉선화 꽃 만발하다

심기가 불어터진 여름은 내 전두엽에 재갈을 물리고 너
는 헛바람처럼 무던히도 너무 멀리 갔다

얼마쯤 쫓아가야 네 보폭에 발맞추어 살구 색 때깔 마음
한 귀퉁이 허물어서 진신사리 같은 알갱이 하나 얻어 간직
할 수 있을거나,

대목장날

버마 잽이 수컷마냥 죽어도
좋을 만큼 가실하늘 맑다

발 벗은 아낙이 고추멍석에
추석을 널어놓고

되작되작 뒤척이다
풀썩 주저앉는다.

초사흘 대목장이 코앞인데
고추 값은 영 – 바닥이다

공사판 허드렛일 밀린 품삯이나
서방님 받아 오려는지 모르겠다.

운전면허증

마누라와 아이들 성화에 부대껴
타던 자동차를 빼앗겼다.
여든 너머 두어해 더 지난 삭신이
인지능력과 순발력이 떨어진다며
죽어도 운전을 못하게 말린다.
요즘 신문방송에선 젊은 사람의
교통사고는 그냥 지나가고
늙은이 사고만 대서특필한다.
하긴 개가 사람을 물면 보통이고
사람이 개를 물어야 기사거리가 되지만
나이 들어 늙는 것도 서운한데
무조건 개를 무는 사람 취급이다
하긴 저들에게 소외 되고
무시당하는 게 어디 이것 뿐 이랴만
그것이 죽는 것보다 더 억울하다
면허증 반납하면 십 만원
교통카드 준다고 어르는 게 더 오기가 생겨
두 시간 인지교육과 신체검사 받아
5프로 보험혜택 주는 우수한 성적으로
인지능력 시험에 합격하여
5년에서 3년으로 줄인
운전면허증을 다시 교부받아왔다.

치자 꽃은 벙그러지는데

당신이 가져다준 치자나무 꽃이 내 양기가 허약한 탓인지 꽃망울이 여남은 개 맺혔습니다.

해마다 오월에 피던 꽃이 올해는 유월에야 배시시 꽃망울이 벙그러지려 합니다.

고장 난 당신의 입술처럼 벌어질 듯 벌어질 듯 벌어지는 뜸을 들여 그리 애틋하더니만

처마 끝으로 대롱대롱 거미가 아침을 스며든 유리창 밖 오늘 와이셔츠단추만큼 열어주기에 성급히 코를 벌름거렸습니다.

그게, 거시기 하 - 글쎄, 당신 향기보다 더 짙은 향내가 참혹한 유월의 내 잔영을 밀어내주었습니다.

열나흘 망종 달빛은 하얗게 부서지고 치자나무 꽃은 맺히기도 벙그러질 줄도 아는데.

새벽마다 토라진 얼굴이 모질게도 찾아왔으나 기별조차 끊어버린 당신은 맺히고 벙그러지거나 피워줄 줄은 꿈조차 없는 걸.

밟으면 사각 사각 사무치게 부서지는 열사흘 달빛을 밟고 가서 목구멍에 막소주잔을 털어 넣고 마른가오리를 쭉쭉 찢어 질겅질겅 씹어봐야겠습니다.

문풍지소리

　좁은 가슴팍을 쪼개어 활짝 열고 허파를 잘라내는 천지개벽 수술하자고 달려드는 대학병원의사의 추상같은 언도를 뒤로하고 심봉사 앞세워서 한양　땅 큰 병원을 찾아가는 길

　올망졸망 보따리를 머리에 인 서울행버스가 푸르르 문풍지우는소리를 꺼내어 가득 풀어놓는다, 차창얼굴에 산수화며 수채화를 그리며 달린다

　훌쩍 자라난 지하철 문풍지소리가 묵념을 지시한모양이다, 고개를 일제히 아래로 꺾은 사람들이 스마트폰을 읽는다, 아내와 난 꾸어다놓은 보리자루로 경로석에 처박힌다,

　나폴레옹 닮은 의사가 시골병원 처방을 훑어본다, 아무렇지 않게 맑은 운동회 날 같다며 아내의 가슴을 더듬는다, 질투도 없다, 입을 헤벌린 내 가슴을 덩달아 쓰다듬어본다

　욕을 많이 먹으면 오래 산다는데 시골 대학병원의사는 명이 길 것이다, 천살도 너머 동방삭보담 삼천갑자를 더 오래 살 것이다

내려오는 버스 안을 썩을 놈, 오살 놈, 돌팔이 의사새끼,
씹어뱉은 아내의 욕지거리로 가득 채운다, 호랭이나 답삭
물어갈 놈,

세 시간을 에밀레종소리로 출렁거렸음에 의하여.

이별 초 離別草*

후박 꽃 시들어 아무는 소리처럼
교교히 떠날 일이다

열사흘 맑은 달같이
희고 깨끗하게 갈 일이다

담백하지 못하고
악마구리 끓듯 후줄근한 곳

내 변두리는 언제나
면도날보다 더 썸뻑썸뻑한 눈치 위였다.

낯바닥과 염통에 묘한 덧칠을 하고
살가운 웃음을 실실 흘리면서

황홀한 먹물을 은은하게 풀어
원리原理를 흐리도록 가미한 삶을 살았어도

이젠 겹겹이 접힌 오만과 가식을
그윽이 펼치는 노을에 섞어 배설하고

동짓달 밤 눈 내리는 소리로
있는 듯 없는 듯 그냥 살포시 흘러야 쓰것다.

띄운세월 뜸들여익힌 꽃나무한그루기르고

사람은 나이 들어 늙으면
몸속에 꽃나무가 자란다

저마다 한그루 씩 꽃나무를 기른다
가슴으로 물주고 다독거려 가꾼다

꽃 이름 같은 건 쓸데없는 사치다
예순 지나 새순 싹수가 삐죽이 돋아난다

눈트는 경이로움에 신통하다
지나온 나이테의 지혜가 움이 튼다

일흔쯤에 벙글은 꽃봉오리가
여든이면 눈부신 햇살로 활짝 피고

아흔 넘어 저를 깨달아 잿불처럼
고요히 사그라지는 순리

그 꽃의 원숙한 향내와 인생을 뜸 들여
주르륵 흘리는 가마솥 눈물 닮은 색깔과

띄워 익힌 세월과 마음과의 교감은
저 만치 걸어 가봐야 알아질 거란다

흰머리 미라mirra가 되어 자란다.

인민재판 같은 역사 속의 요지경에 변두리로 끼어서 여든을 훌쩍 넘겨 자랐다

새치가 일찌감치 연세를 드셔 허연 머리카락과 한명회의 초라니수염과 용도폐기 된 아랫녘 거웃과 손발톱만 시방도 부단히 잘 자라신다.

스님의 목탁에 두들겨 맞고 나온 붓다가 저만치 흘러간다, 흰머리 미라가 된 나도 따라가 봤다

팔만대장경이 둥둥 떠다닌다, 사파는 발 디딤 틈도 없이 태초의 말씀으로 가득히 넘쳐나는데

사람들은 용케도 잘 피해 다닌다, 인간의 처세술이 성서보다 훨씬 윗길이다

시간은 웃을 줄도 모르거니와 울지도 않는다. 인정머리라고는 넉넉잡아 생파리 거시기만큼도 없어

해롱거리는 햇살과 봄바람의 관계와 쑥꾹새 울음의 후렴과 당신과 나의 사랑까지도 싹둑 싹둑 잘라먹었다

하여, 당신이 버리고 간 시간을 주어서 넝마처럼 기워 입어도 세월은 자꾸만 떨어져 나간다

아무런들 흐르는 생리를 가진 게 시간의 생존법칙이라 하여도 봄날이 척척하게 우는 저 쑥꾹새 울음은 무슨 색깔이란 말인가

소리에도 향기가 역력이 묻어난다는데.

요즘 사는 것이

　오늘 밤에라도 자는 듯이 죽는 게 소원이라는 기초생활
수급자 친구가 복지회관 공짜 밥 먹다가 장마에 햇살처럼
문득 찾아오면 막걸리 한 사발에 점심을 같이해야지
　대상포진으로 넘어진 산본 사는 외골수 둘째 처제에게 5
만원 넘는 통증치료 책을 사 보내야하고
　술밥 빚진 글쟁이친구들에겐 눈 갚음이라도 해야 도리
일 테고
　스마트폰 읽으며 운전하다 교통사고 나 갈비뼈가 석대나
나가고 손가락을 깁스했다는 용인 사는 아우 문병도 가야
겠고
　허리가 빠지게 아프더니 무릎관절까지 심해 병원 일도
그만 뒀다고 누이동생 징징거려 우는 전화다
　사무실 월세 송금하고 관리비 어찌어찌 맞추고 나니 넉
달 치 밀린 신문대금 받으러 온단다,
　쓸 일 별로 없어 버리지도 어쩌지도 못해 지하주차장에
서 주무시는 자동차 보험료에 자동차세가 득달같이 몰려
온다.
　며느리사랑은 시애비라는데 측은한 어깨위에 옷 한 벌은
입혀줘야겠다고 마음먹기도 전에

이런저런 축만 내는 조상님 선산 땅과 아파트 재산세가 웃통을 벗고 달겨든다.

아 - 이건 정말 엄청난 쓰나미다 가슴이 철렁 무너진다.

실밥 터진 난닝구처럼 자꾸만 눈치가 새는 하루를 걷다 보면 빈 수수모가지마냥 썰렁해지는데

교장 졸업한 후배시인이 10만원씩 갹출해가지고 청산도로 서편제 잡으러 가잔다.

큰딸 놈이 아버지생신 선물을 묻기에 돈에 환장한 수전노마냥 현찰이라고 외장친 까닭인 즉슨 그렇다.

나에게도 어머니가 계셨었다.

도망치려는 내 귀때기를
아프도록 비틀어 잡아
뒤란 장독대로 끌고 가
쓰디쓴 익모초를 먹이시던

나에게도
어머니가 계셨었다

하지감자 씨알이 더디 익는
긴긴 여름날 무성한 땡볕에
쌈박쌈박 불알을 베어 먹도록
빳빳하게 풀 먹인 삼베잠방이를

입혀주시던
내게도 어머니가 계셨었다

한번 다녀가시면 몸살을 앓으시고도
훈련소 가는 지옥버스에 시달리며
8주 동안 한 차례 거르지 않고
장작개비 솥단지 이고 들고

훈련병면회 오시던
우리어머니가 계셨었다.

자식새끼 선잠 이룰까봐
꿈에 다녀가시는 것조차 저어하시는

뼈저리게 그리워 여든 넘은
나에게도 어머니가 계셨었다.

척추고장수리

  기차를 타고서야 내 곁을 지나간 모든 것들처럼 풍경이
가는 것을 긴 눈으로 짧은 찰나를 가늠해본다.

  시어터진 김칫국물이 목을 빼고 기다리는 우리주방의 새
벽은 초라하도록 의기소침한 눈이 시었다.

  일찍이 방출한 서방은 나중 문제고 우선은 무엇이든 쳐
먹어야 목구멍에 한 주먹의 약을 털어 넣을 게 아니겠는가.

  시방은 고장 난 허리를 수리하러 척추재생창을 찾아 한
양 땅 오 백리 나들이를 하자는데,

  아랫목처럼 뜨뜻한 초여름 마스크를 뒤집어쓰고 들어간
병원 간호사는 친절하지도 전혀 예쁘지도 않았다.

  나처럼 낡은 의사에게 방금 전라도 생산지에서 K T X로
막 부쳐온 등짝이라며 쭈뼛 쭈뼛 겉 박스를 벗겨

  마음껏 주무르고 뜯어서 수선하시라고 하얀 시트가 깔
린 수선대 위에 납작 엎어져 펼쳐놓았다.

배부른 강아지 시래기자락 잡아당기듯 입맛이 당기지 않는 의사가 거드름을 풀어놓더니

중국집장쾌처럼 다 되었습니다만 되뇌기에 고장 난 내 인생수리도 의뢰하려다 그 면허는 없을 것 같아 그만 두었다.

어디서거나 사람들은 한결같이 겨울 기저귀를 벗고 어느새 희고 검정 홑기저귀를 꺼내 코와 입을 가렸다.

내일은 큰비가 온다는데 저 기저귀와 코로나19도 한물진 한강물에 떠내려가도록 오시려는지 몰라.

우리네 인생살이처럼 나는 거기 있었고 숨 가쁜 기차만 오고가고 왕복을 하느라 발목이 쉬었다며 헛기침 하더니 시간을 끌고 어디론가 또다시 떠나갔다.

제 7부

색 III, 슬픈 전리품

색色 1

해방바람

섬진강댐이 사흘 밤 사흘 낮을
웅 웅 울어서 해방이 되었습니다.

도솔암 미륵불도 그느라
식은땀을 줄줄 흘렸습니다.

과수원을 배 봉투로 하얗게 깐
해방바람 휭휭 다녀가고

그 바람 읽으신 조모님은
하얀 머리 테 둘러 누웠습니다.

아이를 술 담아 보리밭에 묻는다는
용천뱅이 사는 곳을 돌아간 온수리엔

시암 속에 핀 하얀 꽃은
해방 될걸 미리 암시한 거라 하였고

그때는 광복이란 말을 몰라
저마다 해방이라 했습니다.

배급 나온 콩깻묵도 떨어져
구와증 난 봉실 댁이 아침에 가고

북해도로 징용 끌려간 상쇠와
위안부 잡혀간 순덕인 소식 없는데

남양군도에서 귀국선 타고 온
귀환동포 어린 것은 애장을 했습니다.

굶어죽거나 호열자로 죽거나
검정 하늘을 둘둘 말아 묻었습니다.

우리가 쓴 그날의 일기장에는
감자 박힌 메수수밥그릇이 적혔었는데

아버진 시퍼런 죽창 밭에 쪼그려
일기장을 모두 불살라버리고

언젠가는 살붙이 떨릴 일 같은
당신의 전쟁예습을 어렴풋이

마련할 수도 있겠 다시며 신 새벽에
홑 중우바람으로 총총히 나섰습니다.

색色 2

- 슬픈 전리품

"그냥 당혀뿌렸어."

초엿새 전주 장날 벌건 대낮에
남문시장 생선창고 안으로
총을 들이댄 흑인병사 두 놈에게
끌려갔다 나온 여인이
축 늘어져 지쳐버린 허탈한 몰골로
같이 장보러 온 동네 아낙에게
나직하게 중얼거린 말이다

너무도 기가 막히고
어처구니없는 일을 당하면
눈물도 나오지 않는가보다

"서양 것들도 우리 맹키로 이쁘고 미운 것이랑 나이도 얼
렁 못 알아보는 개비여, 젊고 이쁜 여자들 쌔버렸는디,

뭣땀시 해필이면 저로코롬 나이 먹고 팟싹 쇠야 버린 촌
예폐네를 골라 갔디야, 그나저나 이 노릇을 어찌야 쓴댜"

황급히 달려온 백인 헌병 차에 실려 가며
곤봉으로 철모를 맞으면서도
바락바락 서양말로 약을 쓰며 대 든다

점령군이 전리품 하나 건드린 게
무슨 죄냐고, 갓뎀.

그렇다 그들은 분명 점령군이었고
우리는 깜둥이의 노획물이었다

오백년 잡수신 남문은
벙어리처럼 서서 눈만 끔벅거렸고

달도 없어 어둡고 외로운 밤
뒷동산 조선소나무에
슬프고 나약한 전리품은 한 맺힌 목을 매었다

-논산 훈련소 이동주보

까투리새끼 같은 꽁지머리처녀들과
손등이 아직 포동포동한 아주머니들이
행상하는 아낙들을 이동주보라 했다
무거운 MI 소총을 어깨에메고
야전교육장으로 끌려갈 때
졸졸 따라오며 보채거나
꿀보다 달디 단 5분 휴식시간에
앞뒤며 사방이 훤히 터진 야전변소에서
지퍼를 내리고 소피를 보던지
엉덩이를 까발리고 쪼그려 앉은 앞까지
염치 코치 눈치 수치 같은 건 아예
싹둑 잘라 동네 강아지 주어버리고
삶은 고구마를 사라며 들이댄다.
1950년대 전쟁은 한창인데
단군이 주신 다북쑥 때깔로 배고픈 시절
육군 제2훈련소가 창조하신
거룩한 말씀이니라.

"훈련병 그것은 좆도 아니다"

– 아버지의 죽창

초사흘 삼례장날이면
아버지는 죽창을 깎았다

배미산 깊은 대숲에 숨어
시퍼렇게 죽창을 깎았다

열병 든 가슴팍을 쥐어뜯다가
애민 살붙이들 염통만 찔러대더니

청각 후각 미각 감각을 차례로 찌르고
마지막 보는 눈까지 찌러버린 당신

그해 몹시 추운 날 약 한 첩 못쓴
다섯 살 넷째 놈 눈감았다

그리 가면 금마요, 고리 가면 고산이고
이리 가면 이리고 저리가면 전주 가는

삼례장터 네거리 한복판에 서서
죽창 든 아버지는 길을 잃었고

어머닌 효수만큼 바지랑대 높이 세워
노을 닮은 눈물을 널어 말렸다

색色 5

태초에 색이 있었다.

색은 우주의 모든 일체를 감싸고 생성할 수 있는 요소들을 내포한다.
우리 선인들은 여인을 일러 색으로 표현하였다.

색은 여인처럼 모든 걸 안아주고 품어주어서 새 생명을 탄생시키는 우주의 섭리와 같은 모체인 까닭이었을 게다.
시가 색을 입을 때 음(音)은 색을 쓴다.

시의 색깔은 오디 같은 신화의 빛깔일까, 바람은 언제쯤이나 제 색깔을 입고 나타나줄 것인가 아무도 모른다. 색은 수많은 얼굴을 가진다. 햇살이 흐느끼는 흙덩어리 속울음 때깔까지도 점지한다.

강물은 푸르고 눈송이는 희다, 여인의 하얀 가슴에 뛰노는 연정 가닥도 희다. 하여 이별색깔도 희다.

하양은 세상의 뭇 색깔의 합이기 때문이다. 처음이며 마지막이다.

제 가슴에 비친 색깔을 풀어 산봉우리들을 칠하고 자빠진 가실 강의 여린 눈 속내는 또 어느 색깔로 흐느적거리며 가고 있을까,

색은 우주의 본성이어서 사람의 마음에도 색깔이 있고 인간의 정조情調와 생운生韻과 이별과 해후에도 색은 있다.

빛도 모양도 없으면서 일체만유를 휩싸고 있는 허공계虛空界의 색깔도 모른다.

우리인간의 기능으로는 진여眞如의 색깔을 볼 수가 없다. 색깔이란 색의 갈레와 채색된 색을 의미한다, 지구의 모든 사물을 포용하는 색, 즉 인간의 시력으로 식별되는 색과,

아직 색을 분별하지 못한 허공 공기 바람 소리 자외선 적외선 X선 감마선 같은 어떤 미지의 색깔로 생성하여 형성되었다.

색의 생성과정과 소멸의 의문은 인간이 음흡(소리)과 암흑의 생성 소멸의 원리를 가늠치 못한다.

아직은 숙명적 과학적 천문학적 과업을 부여받은 숙제로 우리에게 주어진 문제인 거다.

색은 푸른 별 지구에서 사람의 시가 음흡을 입을 때 음은 색을 쓴다.

음이 색을 쓰는 때문에 시 또한 불가불 색을 입어야 하지만,

과연 인간에게서 표출되는 성적性的인 색을 얼마만한 색도와 농도로 그려야 할 것인가?
시에게 주어진 용량과 범위는 어느 만큼이 마땅할 것일까. 색은 빛이 없으면 캄캄한 죽은 목숨이다 빛을 입고서야 비로소 살아나는 얼굴이다.

색은 같은 부류가 가지는 동질적인 특성이거늘 거기에 덧붙여 색정色情과 여색을 하모니카처럼 뒷주머니에 넣고 다니며 자주 객기를 부린다.

여인의 맑고 도톰한 입술에선 달착지근한 잘 익은 복숭

아 색 단내가 알맞게 풍긴다.

　수밀도의 두 입술이 뜨겁게 포개질 때 미친 듯 그의 입술을 몰입하는 여인의 몸부림에 오장육부까지 그녀의 깊은 속으로 붉게붉게 빨려 들어갔다.

목화보다 하얀 젖무덤과 돌기 색 젖꽃판.

그리고 암컷과 수컷.

군더더기를 모두 버린 정갈한 시였다.

　시가 음흠을 입어 하나의 우주가 열리는 장엄한 첫소리의 빛깔 색色을 쓴다.

　거기 으깨어진 철쭉꽃 빨간 눈물자국이 기꺼이 번져있다.

　오 – 찬연한 원시림.

　색色이여!

　우주탐사선 보이저가 명왕성부근에서 읽은 지구는 창백하고 푸른 점의 티끌이라는데,

　그 작은 티끌 속에서도 아주 작은 코리아에 앉아

색깔싸움이 무슨 소용일 것인가?

　코큰 강대국 놈들이 가져다 안겨준 이데올로기의 색깔을 덥석 물어 하청 받은 전쟁으로　그만큼 죽이고 헤어지고 부서지고도 아직 부족하단 말인가?

　남북으로 나뉘고도 모자라 눈만 뜨면 보수네 진보네 중도네 편을 갈라 빨강 하양 노랑 파랑 색깔싸움의 개지랄로 허송세월을 하고 자빠져있을거나,

　비록 인간과 다른 동물들이 보는 색깔이 동일하지 않다고 하지만 우린 같은 사람이잖은가.

사랑과 원망과 그리움과 원수진 마음까지도 표백되어 순화시키는 게 하양색깔이라 하거늘.

빛과 소리와 색은 어디서 와서 어디로 사라지는지도 모르는 풍신들이 언제나 철이 들어 저 우주의 암흑색깔 같은 걸 찾아본다며 덤벼볼 것이냐.

제8부

슬픈 언어들

치매노인관리사

그 여인은 마곡사 징검다리를 건널 때 무섬타던 그 모습
이 재밌고 가장 보기 좋았다.

꽃 한 송이만 사달라며 그냥 예쁘지 않은 얼굴을 들고
그 맑은 눈으로 내 품에 너를 부렸을 때는 무던히도 사랑
스러웠다.

깅기아 난 꽃향기를 안고 오던 날, 목젖이 보이도록 막소
주잔을 털어 넣으며 깔깔거릴 때까지만 해도 좋았다고 하
려다가 그만 삼켜버렸다.

시詩를 툴툴 털어내 버리고 하현달 베어 먹은 새침한 입
술을 다물고 돌아서 하얀 그림자로 떠나간 세월을 내 염치
로는 무엇으로 우러러볼 것인가.

사람도 시인도 아닌 여자로 맞이하신다 해도 나를 쓰겠
다는 곳이 시 쪽 보담은 치매노인들 같아 치매노인관리사
자격을 가슴에 심었다는 데야.

어쩌겠는가? 부지런히 연습하여 내가 치매노인이 되는
날밖에, 그게 진정 코 여인의 뜻이라면, 아무리 쫓아가도
여명은 좀처럼 트이지 않았다.

강물

강은 그냥 거기
저절로 있었습니다,

너를 데려 흘러가는
그런 건줄 몰랐습니다

이승이 이리 빨리
흐르는 줄도 몰랐습니다

저승의 강은
유속이 얼마쯤 빠른지

그것도 모르면서 널 찾아
흘러가려 합니다

강물은 쉬지 않고
널 데려 흐르는 야속뿐입니다.

슬픈 언어들

오늘 하늘은
지랄 맞게 충충하다

요새는 뾰쪽당
종소리도 안 들린다

웅크린 사람들만
총 총 총 걸어가고

나는 맥없이 옛 여인의
속곳 색깔을 기억한다.

참으로 옹색하게 늙어
저 하늘에 계신

슬픈 언어들은 언제쯤
수수한 얼굴로 윤회할 것인가

내 짧은 주파수로는
널 멀리멀리 보낼 수 없어서다.

하루

아침에 아내의 웃자란 늦잠을 가위로 자르려다 돼지게 혼이나 시방도 밑구멍이 화 – 하다.

지랄한다고 아침은 부엌을 더듬어 매어있는 전기밥솥 곁 얼음감방에 수감 중인 건건이 몇 통을 손수 꺼내먹었다.

지난겨울을 무탈하게 넘기신 바퀴벌레 편에 소한 대한 안부를 전 하렸더니 싱크대 사타구니사이로 꽁지 빠지게 도망가셨다.

다달이 정수기 필터를 교체하러 온 박사에게 고장 난 내 정수기 전립선 필터도 갈아달라고 맡기려다 그만 두었다.

몇 해 전 서울 큰딸이 사 보낸 발통을 신다가 홀로 선 현관의 고요가 그냥 서운하였다.

소중한 것 모두 보낸 지금 이렇게 끝내는 인생이라 한들 무에 더 남아 있어 발목 잡힐 하루해가 더디단 말인가.

삼류 글쟁이

튀는 때깔도 없고 바람도 만지작거리지 못하는 나 같은 삼류글쟁이 글을 내준다며 선뜻 나선 출판사는 어디에도 없다.

빗살무늬 휜 허리 같은 자비출판엔 숨이 찬다, 월급봉투 졸업한 것은 스무 해도 훨씬 지났다.

아내 몰래 구린 색깔들 이것저것 끌어다가 스물두어 권 꾸미는데 모두가 소진되어 맨손바닥만 남았다.

까짓것 술도 밥도 돈도 되지 않는 이 미친 짓거리야 제 돈 내고 피리 부는 행티거니 아무런들 어쩌랴만,

참으로 싸가지 없는 하루 놀고 이틀 쉬는 반거들충이 형편에 자식새끼들에게 손 벌이는 것도 염치가 죽을 맛이다.

뻐꾸기 울음을 차려놓고 죽을 때까지 시를 쓰겠다고 은사님께 드린 약속을 어길 수도 없으려니와 평생 끼적거린 짓거리를,

그 지랄마저 끊어버리면 이승 뜨는 날까지 무얼 하며 긴 긴 하루를 삭히고, 내겐 무엇이 더 소중한 게 남았단 말인가?

지는 꽃 이울 듯 하루 다르게 전두엽이 죽어가는 것도 그렇지만 쓰는 것보다 책 만드는 게 몇 곱절 어렵고.

이승을 떠나는 거야 무에 그리 어려울까만 남은 목숨 이끌고 갈 날까지가 아득히 무서워진다.

귀농

깊은 산에 터를 잡아
유리창 큰 통나무집을 짓고

이제 막 낡아가는
귀농한 중년부부

별 총총 하늘을 마시다가
비탈진 산그늘을 다듬어서

겨우 고사리 씨를 뿌려
농사라고 가꿨는데

자가용 탄 고라니 떼가
우둑우둑 모조리 꺾어 먹었다.

꺾은 고사리 몽땅 빼앗기고
빈손으로 돌아온 아내에게

오늘 일당 얼마 받았냐고 물었다가
화풀이 몰매감만 되고 말았다.

너의 존재에 관하여

있는 것은 있는 것대로
없는 것은 없는 것대로

이 세상을 살아가는
존재의 의미와 가치겠지만

왜 있고 없음이 존재하는가?
나에게 따질 일이 아니다

있음의 부자유와
없음의 확실함이

조물주의 육법전서에도
우주의 백과사전에도 없어

사랑이나 그리움 같은 것들이
보이지도 만질 수도 없는 것처럼

있음과 없음이 모두가 끝내는
소멸되는 허상인 까닭이다

오늘밤에도 수많은 별똥별이
하늘을 긋고 사라질 게다

동무

국어사전에 적힌 동무는
늘 친하게 어울리는 사람이고

친구는 티베트어와 중국어의 관련성으로
가깝게 오래사귄 사람의 뜻인 親舊란다.

일제 강점기나 유월전쟁 전까지는
동무는 주로 어린사람들이 쓰고

성장한 사람들은 친구란 말을
많이 사용하셨는데 느닷없이

북에서 쳐내려온 사람들이
서로를 동무라 불러 생소했는데

남에 살던 동무가 깜짝 놀라
기절초풍하여 자빠져버린 뒤

슬픈 운명을 맞은 동무는 사라지고
어른 아이 할 것 없이 친구로 쓴다.

그리도 동요마다 흔하게 불리던 동무가
요즘은 국어책에도 동화책에도 없다.

동무가 모두 북으로 올라가버렸는지
여기선 자취를 감춘 것 같아

이러다간 국어사전에서조차
도망치지 않을까 심히 염려스럽다.

반대미 언덕

햇살이 무렴을 타는 형형한 눈살의 소녀는
그믐쯤 지나서야 그 눈빛 쏘여주었다

말 잔등 타듯 견훤토성에 걸터앉으면
후백제 말발굽 튀는
따발총소리 묻힌 곳도 여기 살고

나를 내쏘고 간
소녀의 그림자 서있는 곳도 거기다

수척한 복상나무 유 씨네 과수원 밑
피병원避病院 뜰에는

비루먹은 개새끼 같은
하얀 환자복만 체머리로 허청거리고

편백나무울타리 높이 푸른
빨강화장터연기가 봉화불로 오르면

동네 조무래기들
재 가루 헤적거려 금니를 찾았다

한번은 송장이 벌떡 일어나 앉았고
어떤 날은 눈깔사탕도 얻어먹었다

소녀를 데려간 공동묘지 가는 길엔
미군 탱크가 우렁우렁 울고 갔다

정거장 레일 위를 걷다가
자빠져 결리는 옆구리처럼
아린 소녀는 어느 별이 되어있을까.

오월은 푸르고

첫날밤 새 각시 같은
모과 꽃 조신하게 피면

동백은 새순을 돋아
맑은 햇살 웃음 물고

여리디. 여린 연초록
이파리 반짝입니다,

매실은 아직
솜털이 보송송 하여

연두색깔 바람결에
바르르 진저리칩니다.

오월 바람은 마냥 그렇게
저것들 다스려 세상은 푸르고

아파트 놀이터에서
뛰어노는 우리아이들

해맑은 웃음소리
푸르게 건너옵니다.

이 만큼이라도 사는 건

양말 뒤꿈치가 닳아서
아른아른 헤졌기에

버리라고 내놨더니
산책 가는 아내가 신고 있다

버릴 걸 왜 꿰고 있냐고 했더니
아직 더 신어도 되는 걸 왜 버리느냐며

아무것도 없는 집에 시집와서
이만큼이라도 사는 게

아끼고 헌것들 주어입고 살아온
그 덕인 줄 알라며 호통이다

공연히 그 놈의 양말 때문에
옛날 가난의 생채기가 다시 돋아나

시무룩해진 아침 출근길에
가을이 으스스 꼬리를 내린다.

구시포 모시조개

형님, 시골 우리 밭에 오미자나무 심어서 2년만 되면 그 이익금으로다가 형님하고 나하고 번듯한 문학 잡지사 하나 만듭시다, 그렇께 이천만원만 투자해보시오.

자네나 잘 해보시게,

시고 떫은 오미자 맛으로 찌푸린 쌍통을 구겨 쥐고 오더니 선화공주 활동사진을 찍겠단다. 시나리오는 다 만들었고 사진 찍을 감독과 자금 댈 물주만 잡으면 된다며 형님 혹시 제작비 댈만한 물주 아는 사람 없수?

아나 쑥떡이다.

담배 한 대 피웠으면 좋겠는데 담배쌈지도 담뱃대도 부싯돌도 없고 달랑 주둥이만 달렸네 그려.

글쎄올시다.

다 지은 전주성 끄트머리 덕진 방죽을 만든 견훤대왕과 신화공주와 막걸리 한 투가리 마셨더니 아그 저그 후백제 술꾼이 되었다.

그러거나 말거나,

술시戌時가 아직 일러 시간을 죽이자고 극장에 앉아 후백제 술꾼과 함께 본 영화 〈천년 학〉에서 화면 가득히 쏟아지던 매실 꽃잎처럼 벚꽃 잎이 무수히 흩날리는데,

미련은 접어놓고.

형님, 형님, 당뇨병일랑 걱정을 허덜덜 마셔, 우리 산에 구찌뽕나무 째 버렸응께 내가 형님 얼마 던지 대 드릴텅게 걱정을 마셔, 아, ‒ 의사가 깜짝 놀라 드랑께 한 달도 안 먹었는디 글시.

문학기행간 글쟁이들이 낮술 걸치는 순천만 술청에서 내 허벅지를 쓰다듬어가며 장담하더니 구찌뽕나무 자른 걸 한 부대 들고 이백리 길을 가져왔다.

성의를 생각하여 몇 달을 삶아 복용했으나 당뇨는 그대로고 헛배만 불러 오줌통이 고역을 치렀다.

뭣이여? 내 시가 어렵다고?

구시포 해변에 널린 모시조개 맛깔로 쓴 시를 아내가 어렵다 한단다, 까짓것 마음만 먹으면 하루저녁 서너 편쯤이야, 껄껄 웃더니 내 마음이 그렇다 그거여, 인간이 그리 되어서야 엇다 쓰겄는가, 더러는.

부릅뜬 가슴으로,

어떤 놈이던지 찻집을 말리는 놈은 그날부터 절교할거여, 부라리고 차린 다방에, 형님 같이 낡은 노타리들은 여길 아예 범접도 마셔, 괜히 다방 물 흐려징께로.

폭삭,

우리나라에서 성분이 가장 좋은 지하수를 얻어 하루에 350톤이 나와 물장수 한다고 점심에 막걸리 세병을 마시고 가더니 물벼락을 맞았는지. 돈벼락을 맞았는지 기별이 캄캄하다.

내 몹쓸 소갈머리

낡은 아내가 날더러
칭찬을 모르는 소가지란다.

이제 갈 날 가까운
나잇값을 해서라도

품어주고 다독거려
칭찬해주면 어디 덧 나냐고

푸나무들 햇살의 따사로운
칭찬으로 쑥쑥 자라나고

말 못하는 똥개도
쓰다듬으면 꼬리 흔드는데

여든을 훌쩍 넘긴 인생을
무심한 헛것으로 살았단다.

창가에 매어놓은
치자나무 꽃 오월도

햇살 쪽으로만 한사코
무성한 고개를 돌리는 걸.

삼례 參禮

삼례에는 내가 기차를 처음 타본 정거장이 있었다 주먹만 한 눈깔사탕이 목구멍에서 당그레 질을 하여 차 삯을 털어 사 먹고는 전주길 삼십 리를 타박타박 걸어서 간 곳.

우주베키스탄 타슈겐트지방의 고려인 동네 〈춘향전〉연극에서 암행어사출도장면이 프롤레타리아 노동자농민의 공산주의혁명까지로 연결 되었다는

춘향 서방 이몽룡이 어사또 출도 하러 갈 때 지친 말 갈아타고 마른 목축이고 나서 역졸 데려간 곳이 여기 삼례역참이다.

동학의 녹두꽃이 무성하던 10월8일 척왜양창의 기치아래 11만 4천5백명의 동학혁명군의 깃발이 휘날리던 삼례기포가 여기 삼례역참이란다.

만경강이 흐르는 기름진 땅에서 생산된 쌀을 수탈하여 저장코자 1920년 쌀 창고로 지은 건물에 디자인뮤지엄, 목공소, 책 공방, 북 아트센터, 갤러리등의 삼례문화예술촌을 만들어,

육신의 목숨을 도모하던 쌀 창고가 인간의 영혼을 살찌우는 예술마당으로 낡은 옛 건축물을 재해석하여 탈바꿈

하였다.

한내 큰물에 기러기 떼 내려앉는 천하 절경의 비비낙안은 모싯잎라떼 파는 카페로 둔갑을 하였고,

게 발 쳐놓고 참게 막 침침한 호롱불 밑에 앉아 밤새 주어 담은 참게 망 속엔 쇠똥 만 쇠똥만 가득 차게 짓궂은 장난을 치던 도깨비 녀석들 살던 그 맑던 물엔 하이타이 거품 문 구린내가 진동을 한다.

이몽룡이 쉬어가고 수많은 동학이 기포한 곳 내가 처음 기차를 타본 삼례 정거장은 눈깔사탕 사먹던 내 또래 아이들의 미술관 옷을 입었더라.

동화 同和

척추 관 협착증엔 명의라는 병원을 찾아 고속버스보다 차비가 싼 직행버스를 타고 3시간을 달려 지하철을 타러 간다.

마야의 신전 티칼(Tikal)의 높이보다 더 많고 비탈진 계단을 내려간다, 상, 하행이 어느 구멍인지 두리번거리다가 겨우 올라탔다.

몇 번 출구가 어느 쪽인지 헤매다가 또다시 계단을 올라 밖으로 기어 나온 다음 자동차소리 쌩쌩 앙알거리고 발에 걸리는 사람들을 뚫고 십 분쯤 걸어가면,

동아빌딩을 끼고 돌아서 걷다가 저 앞에 보이는 행촌식당 길 건너 설렁탕집 골목 안에 회색빛깔 5층 건물이 병원이다.

접수창구의 안경잡이 낡은 간호사가 건성으로 가리켜준 엘리베이터를 타고 3층에 들어 긴 복도를 구부러져 신경과에 이른다.

신경과 낡은 간호사의 냉랭한 지시에 따라 복도에 놓인 벤치의 끝자락에 시장한 엉덩이를 붙인다 내 앞으로 열댓 사람이 목을 늘이고 앉아 대기한다.

오살 놈의 시간은 야속하게 가지 않는다, 지루하다 못해 모가지가 뻣뻣하다.

두어 시간이 지나서야 의사 코배기를 만난다, 샤일록같이 생긴 의사가 허리 병쯤이야 금방 고칠 듯 거만스런 말투로 MRI 사진을 보며 문진을 하고 는 5층 수술실로 가란다.

주근깨 묻힌 앳된 간호사가 환자복을 주며 탈의실에 가서 팬티 까지 싹 벗고 수술복으로 갈아입으라한다.

무슨 패션(fashion) 인지 가랑이가 터지고 등짝도 갈라졌는데 소매는 팔꿈치까지 거의 올라오게 짧고 다리는 7부로 썰렁하다, 차라리 훌렁거리기나 하였으면 얼마나 넉넉하랴,

다리가 멀쩡한 날 휠체어에 앉히고는 5층으로 올라가 수술대에 엎어놓는다.

선득선득한 걸 바르더니 등허리 어디쯤인가 주사바늘을 꽂는다. 저절로 비명을 지르도록 아프다, 엄지발가락까지 찌르르 통증이 밀려 내린다.

다 되었습니다. 다 되었습니다가 입에 달라붙은 의사가 그러고도 얼마를 더 찌른다. 참 미치게 아프다.

춥기는 왜 이리 추운가? 수술실은 이렇게 한기가 들게 추워야하는 것인가 엎어져 있는 처지에 여쭈어보기도 민망하다.

그 지랄을 일곱 차례나 오르락내리락 하였으나 허리통증은 그냥 허허허 하고,

시골 촌놈 수척한 호주머니만 비워졌는데 마음은 그리 쉽게 비우는 걸 동화同和해주지 않았다.

사람새끼

새는 새끼가 배설한 똥을
입으로 물어 밖에 버린다

어머니는 아들이 먹다 흘린
밥풀을 주어서 입에 넣는다

새가 입으로 물어다 버리는 건
손이 없어서 그러는 게 아니다

어머니는 아들이 흘린 밥풀이
더러운 줄을 전혀 모르는 게다

새 새끼는 자라서 날수 있어도
어미 곁을 떠나기 싫어 맴돈다

자식은 자라 제 여자 얻어나가면
어미를 까맣게 잊어버리고 산다

새는 어미 애비 살다 죽어도
그 둥지를 넘겨보지 않는데

사람새끼는 부모가 죽기도 전에
제 부모 둥지를 넘성거린다.

여름 찬가 讚歌

오늘은 서운하게 내복을 벗었다. 봄이 자빠지는 허망한 소리다.

박하분과 동동구리무를 쳐 바른 산 벚꽃 가신 초여름을 입은 산이 연두색깔 박수를 친다.

원수 놈의 코로나19 깊은 은혜로 높아진 하늘의 식탐은 새털구름 쪼가리까지 모두 잡숫고 파란 하품을 하신다.

지랄한다고 목련은 그리 빨리 지고 복사꽃 이파리 하나 가슴에 적어주지 않은 아메리카노커피의 거무튀튀 상한 색깔 일상을 주선한 여름을 점지하실까.

시장한 사념을 데리고 내 어이 남은 생을 채색한다니, 모니터에 그려진 숙명을 수정하기로 깊이 도모해본들 그게 어디 가당키나 할 노릇이라더냐?

점심반주 맥주 반잔에 취한 염치로 아직 젊은 늙은이에게 담배 한대 얻어 피우고 만만한 하늘명경에 비친 내 발자국이나 씻기는 걸로 낙찰을 본다.

저만치 웃통을 벗어부친 삼복이 걸어온다, 아무런들 사납기로 설마 저승가자는 반가운 말씀은 아닐 테고 한여름 매미처럼 울라는 주문일 게다.

한 번도 저를 귀여워해본 적이 없는 시간이 내 사랑하는 모든 걸 앗아갔다 한들 저와 내가 무슨 관계일까? 깊은 설정을 추궁해볼 일이다.

차라리 나를 가져갈 일이지, 벼엉신 같은 놈, 그러고도 제 까짓게 무슨 세월이라고. 내 목숨가지고 장난을 쳐?

언젠가는 벗어버릴 내복처럼 저를 홀랑 벗어던지고 육자배기 한 가락에 더 덩실 곱사춤을 출 것이로되,

마른장마 같은 하루가 간다, 일수 찍듯 남은 날을 지워나간다, 몇 날 남지 않은 이승의 내구연한을 가벼이 소모한다.

이 도깨비 항문 같은 여름엔 이런 짓 말고 무슨 지랄을 할 수 있단 말인가,

막소주 한 사발 깨물고 비계 붙은 돼지수육 한 점 울근불근 씹어 먹을 군번도 벌써 지났는걸,

징 하게 이 갈리는 코로나19 녀석 날름 보내고, 부디 성불하여 천당에 드시길 조왕님께 빌어드리마,

올 여름하.

조기호 시집

색 이론의 완성
색 Ⅲ · 참지랄 같은 날

초판인쇄 2020년 8월 30일
초판발행 2020년 9월 20일

지 은 이   조기호
발 행 인   김한창
펴 낸 곳   도서출판 바밀리온
주   소   전주시 덕진구 기린대로 359, 2층
전   화   (063)253-2405
팩   스   (063)255-2405
출판등록   제2017-000023
이 메 일   kumdam2001@hanmail.net

인쇄제본   새한문화사
주   소   경기도 파주시 광인사길 211-2

출판등록   제2017-000023
정   가   14,000원
ISBN 979-11-90750-06-6

본 도서는 전라북도 문화관광재단 문예진흥기금 지원으로 발행 되었습니다.

이 도서의 국립중앙도서관 출판예정도서목록(CIP)은 서지정보유통지원시스템 홈페이지(http://seoji.nl.go.kr)와 국가자료종합목록 구축시스템(http://kolis-net.nl.go.kr)에서 이용하실 수 있습니다. (CIP제어번호 : CIP2020033994)